冒険者ギルドのチート経営改革

魔神に育てられた事務青年、無自覚支援で大繁盛 1

ハーナ殿下
イラスト ももいろね

冒険者ギルドのチート経営改革
魔神に育てられた事務青年、無自覚支援で大繁盛 1

contents

プロローグ

「フィン、お前のような無能な事務員は、クビじゃ！」

晴れたある朝のことだった。勤め先の冒険者ギルドの事務室で、オレはギルドマスターから解雇を通知される。

「どうしてですか、オーナー？　オレ、何か失敗でもしましたか？」

「はぁあ!?　『何か失敗でもしましたか』じゃと!?　ここまで言っても、まだ気がつかないのか!?　キサマは無能だから、クビなのじゃ！　勤務してからこの二年間、なんの成果も出さずにいたではないか!?」

「あっ、それは……」

顔を真っ赤にするほど怒り心頭のオーナーの指摘は、間違いではない。この冒険者ギルドでは事務員にも多くのノルマが課せられていた。

だがオレはこの二年間、上司に報告できる成果をほとんど出していなかったのだ。

「ふん！　それみたことか！」

「わかりました。それでしたら事務員ではなく、《支援者》として自分を雇《やと》ってください。それなら多少の自信があります」

ここだけの話、オレは誰かを〝支援〟するのは得意だ。実はオーナーにも内密で冒険者たちの支援をしてきた。事務職員としての成果ではないから、今まで報告することはできなかったが。

「はぁぁ、支援じゃと？　何を戯《ざ》れ言《ごと》をいっておるのじゃ？　事務仕事もろくにできない分際で、更に上の《支援者》の仕事がしたいだと!?　冒険者ギルドの仕事を舐《な》めているのか、キサマは!?」

オーナーの言っていることは正論でもある。

この大陸の各地には、危険な魔物が常に発生している。そのため魔物狩りを得意とする冒険者は、重要な存在。彼らを支える冒険者ギルドの存在も、各国でかなり重要視されていた。

この王都にも大小さまざまな冒険者ギルドが点在。互いに有力な冒険を取り合い、競い合っている状況だ。

そんな厳しい状況だからオーナーは、使えない事務員のオレをクビにするつもりなのだろう。

だが急な解雇は王都の就労規則で禁止されている。こちらとしても職を失い、路頭に迷うわけにはいかない。何とかしてオーナーに冷静になってもらわないと。

「オーナー、落ち着いてください」

「うるさい、黙れ！　キサマのような言い訳ばかりの無用者は、今すぐクビじゃ！」

「えっ、今すぐですか？　ですが、オレが担当している仕事が、まだ……」

オレは今、少しだけ特殊な依頼書を書いていた。依頼人はかなり気分屋で、特別な地位にある人物。『ふん！　フィン以外の者とは仕事をしたくない！』と言いはる変人だった。

だから、こんな急にクビにされたら、このギルドに迷惑がかかるかもしれないのだ。

「ふん！　キサマ程度が担当している依頼書など、ワシや他の優秀な職員で、どうにでもなる！　ほら、早く立ち去らなければ、不法侵入罪で憲兵に突きだすぞ！」

「憲兵に、ですか。はい、わかりました……」

今までも理不尽なオーナーだったが、まさか憲兵に突きだすとまで言われるとは。しぶしぶ従うことにした。

「ふう……」

退職の準備を行う。机の中の私物だけ、リュックに詰め込んでいく。引き継ぎの書類は、そのまま机に残しておく。

でも本当に大丈夫だろうか？

(悩んでも仕方がないな。さて、このグラつく机とも、さよならだな)

片付けを終えて感慨深くなる。

オレは山奥で〝師匠〟に育てられ、二年前に王都にやってきた。その時、偶然目にした求人票で、この冒険者ギルドの事務員となった。

お世辞にも経営者や同僚には恵まれなかったが、一生懸命にギルドのために尽くしてきた。いいことも悪いことも、本当に色んなことがあった二年間だった。そんな苦楽を共にした自分の事務机とも、今日でお別れだ。

「おい、早く、そこをどけろ！　クズ・フィン！」

「相変わらず、遅ぇんだよ、ノロマ・フィン！」

そんな時だった。同僚たちから怒声が飛んできた。山奥から出てきたオレのことを最初から馬鹿にしてきた連中だ。

オレが仕事を山ほど抱えていても、同僚はいつもサボってばかり。彼らが得意なのはオーナーに、媚《こ》びを売ることだけなのだ。

「……お待たせしました。机どうぞ」

「はぁ!?　机どうぞ、じゃねんだよ！　その机は捨てようと思っていたんだよ！」

「ああ、そうだぜ！　早く出ていけ！　お前のような無能が、居なくなると思うと、せいせいするぜ！」

二人の同僚は凄《すご》んだ顔で威嚇《いかく》してきた。今まで以上に攻撃的な口調。明らかに社会人として失格な態度だ。

「……では、失礼します」

もはや反論する気力も湧《わ》かず、静かに席を立ち去る。ここで何を言っても、この人たちは何も変わらないだろう。

「あっはっは……じゃあな。フィン。せいぜい次の職場でも頑張りな！」

「おい、おい、あの無能君が再就職なんてできると、思っているのか!?」

「たしかに！　はっはっは……！」

そんな酷《むご》い罵声《ばせい》を聞きながらギルドから出ていく。後ろでは『邪魔者がいなくなったから、今宵《こよい》は祝い会をしようぜ！』と人を馬鹿にしたような笑い声がする。

オレは相手をしないようにして、ギルドから急いで離れていく。

「はぁ……本当にクビに、無職になったのか、オレは」

まだ人通りも少ない王都の通り。

一人で歩きながら、今の自分の現実を口にしてしまう。何とも言えない虚無感が襲ってきた。

「でも後悔しても仕方がないな。生きていくために、次に進もう。さて、まずは次の仕事を探さないとな！」

こうして大手冒険者ギルドを解雇され、生活のために新しい仕事を探すのであった。

◇　◇　◇

――――だが追放した大手冒険者ギルドの者たちは知らなかった。

実はフィンは大陸でただ一人《天帝級》な支援魔術師の才能を有することを。

ギルドの営業成績がここ二年間、絶好調だったのは、フィンが陰ながら支援していたからだということを。

有能なフィンを慕う大物冒険者や、仕事の大口発注者が数多くいたことを。

フィンがいなくなると業績が一気に悪化して大問題が引き起こされることを。

何も知らずに有能なフィンを追放した大手冒険者ギルドは、これから一気に衰退していくのである。

一章　廃業寸前のギルド

経営者に解雇されて、突如無職になってしまった。

「過ぎたことは仕方がない。よし、これから頑張っていくか」

理不尽に解雇されてしまったことに対して、正直なところ憤《いきどお》りは感じている。だが人生は何が起きるか予想もできないもの。声を出して強制的に気持ちを切り替えていく。

「まずは急いで、次の仕事を探さないとな」

大都市である王都では、暮らしていくにはとにかく金が必要になる。今借りている部屋の家賃と食費、税金などを合わせて、毎月最低でも十万ペリカは必要。

あまり多くない自分の貯金のことを考えると、数日以内には再就職する必要がある。

「とりあえず職業安定所に向かうか」

王都の中央には公共機関の《職業安定所ハロワー》がある。次なる仕事先を探すために、急いで向かうことにした。


ハロワーに到着する。受付の女性に解雇されたことを話し、就職先について相談していく。

「……なるほど事情はわかりました。ちなみにフィンさんに特技はありますか？」

「特技はありませんが、事務仕事なら経験があります。あと、冒険者の支援が何よりも好きです」

オレは昔から冒険者に憧れていた。家にあった冒険者の英雄譚《たん》を、擦《す》り切れるまで何度も読み返していたほどだ。

だが育ての親の師匠に、昔から厳しく言われていた。『こんな貧弱なアタイにも勝てないのだから、フィンには冒険者の才能はないのよ！』と。

だから王都に出稼ぎにきたオレは、冒険者ギルドに就職した。

自分には冒険者の才能はない。それなら事務仕事をしながら他の冒険者を支援して、自分の夢を託《たく》すことならできる、と思ったのだ。

その思いは今でも変わらない。再就職先も冒険者ギルドを希望する。

だが王都では冒険者ギルドの事務員の仕事は、なかなか空きがでない。果たして今は求人があるのだろうか？

「わかりました、フィンさん。それなら、こちらの冒険者ギルドの事務員の仕事はどうですか？」

「冒険者ギルドの事務員の求人があるんですか？　はい、そこにします」

運のいいことに一件だけ求人があるという。他人に取られる前に、求人票に目も通さずに申し込む。

「ありがとうございます。でも、この冒険者ギルドは少し問題があってですね……」

「いえ、構いません。そこに面接にいきます」

荒くれな冒険者を相手にするギルドには、多少の問題はあるもの。オレは説明を聞かずに、面接の申し込みをするのであった。

「ここが〝ボロン冒険者ギルド〟か」

ハロワーの求人票の住所を頼りに、目的の建物前にたどり着く。

求人が出ていたのは、〝ボロン冒険者ギルド〟。たどり着いた場所は王都の中心からかなり離れた区画だ。

どうして、こんな人通りが少ない場所に、ギルドを作ったんだろうか？　ふと疑問に思う。

「ギルドランクＦ……」

ボロン冒険者ギルドの看板には、ギルドランクＦの証明章が張られていた。予想外の低ランクさだった。

《冒険者ギルドとギルドランク》

大陸の冒険者ギルドには協会が設けた、最低Ｆから最高Ｓランクまで七段階の格付け制度がある。

迷宮や遺跡に魔物が多く生息するこの大陸では、冒険者職は人気が高い。見つけた宝や素材、魔石による一攫千金《いっかくせんきん》の可能性もある。そのため若者たちがこぞって冒険者になりたがるのだ。

特に農村部から夢見る若者たちが、ギルドのある都市に定期的にやって来る。大陸屈指の大都市であるこの王都も例外ではない。今では人口約二十万人の王都には、数千人の冒険者が住んでいるという。

膨れ上がった冒険者に対応するために、百軒近い冒険者ギルドが王都には存在している。

冒険者ギルドは基本的には民営組織で競争が激しい。有能な冒険者が多いギルドほど、高ランクの仕事を発注することが可能。その分だけ収入は多くなり、ギルドランクが高くなっていく。

逆に登録冒険者が少ないギルドは、低ランクの仕事しか発注できず、更にギルドの経営も悪化していく。最悪の場合、赤字が続いて廃業する冒険者ギルドも珍しくないのだ。


「ギルドランクFの冒険者ギルドか……」

〝ボロン冒険者ギルド〟の看板には、最低ランクである〝ギルドランクF〟の証明章がくすんだ状態で掲げられていた。

見ただけで感じる重い雰囲気。間違いなく〝廃業一歩手前〟の冒険者ギルドなのであろう。

「だが求人募集を出すくらいだから、意外と大丈夫なのかもしれないな」

廃業寸前のギルドは人件費すら捻出できない。つまりここは外見の雰囲気は重いが、経営は意外に健全なのかもしれない。

あまり先入観にとらわれないように、冒険者ギルドの中に入ることにした。

ギルド内の雰囲気は想像以上に重かった。魔道具の照明が切れかかり、全体的にかなり薄暗い雰囲気だった。

「えっ!?　お客さん!?　それとも冒険者!?　い、いらっしゃいませ！」

ギルド内を観察していると、カウンターの向こう側から少女の甲高い声が聞こえてきた。一人の少女が目を輝かせながらこちらに駆けてくる。

「いらっしゃいませ！　〝ボロン冒険者ギルド〟にようこそ！　依頼人ですか!?　それとも新人冒険者として登録ですか!?　もちろん、どちらでも大歓迎です！」

少女の年齢《とし》は十四歳くらいだろうか。銀色の長い髪を結《ゆ》った健康的な雰囲気。息継《つ》ぎを惜しむほど、一気に話してきた。

おそらくこの少女は受付嬢なのであろう。そして、かなり依頼人と冒険者登録に飢えている。そんな切羽詰まった感じが、初対面でもわかってしまう慌《あわ》てようだ。

「すみません、そのどちらでもないです。この求人を見てきました。フィンと申します」

ハロワーで貰《もら》ってきた求人票を見せる。これで少しでも落ち着いてくれたら助かる。

「えっ!?　事務員の求人!?　あっ……もしかして!?　前に出したのを、取り消してなかったんだ、お祖父《じい》ちゃんは!?　はぁ……そういうことか……」

先ほどまで目を輝かせていた少女は、一気に落胆の表情になる。あからさまにため息もついていた。とにかく事情を聞くしかない。

「もしかして今は求人をしていないのですか？」

「す、すみません。せっかく来てもらったのに、フィンさん。私はマリーという名前で、ここは祖父ボロンがずっと経営していました。でも急に祖父の体調が悪くなって……」

マリーは申し訳なさそうに事情を説明してくる。

「なるほど、そういうことだったんですね。それは大変でしたね。今は一人でここを？」

「はい、そうなんです。我が家には他に頼れる大人がいないので、三ヶ月前から私が経営しているんです」

事情を聞いて、このギルドの問題点を理解した。

倒れた祖父の代わりにこの少女マリーは急遽《きゅうきょ》、経営権を継いだ。だが冒険者ギルドの経営には特殊な知識が必須。そのため多くのことに対応できずに、ギルド内外の雰囲気がここまで重かったのだ。

(若い少女がいきなり冒険者ギルドの経営か……予想以上に厳しい状況だな、これは)

冒険者ギルドの経営には世間が思っている以上に、多くの知識と経験、スキルが必要になる。

まず一番大事なことは市民や商人、国から依頼を受けてくる営業力と宣伝力。あと、荒くれ者が多い冒険者たちの仕事を、たくみにコントロールしていくバランス感覚が不可欠だ。

更に魔物の素材や魔石を買い取る時に、適正に値付けできる鑑定する技術。また買い取るための資金力と経営バランスも欠かせない。

それ以外にも多くの知識と経験が必要になる。それが冒険者ギルドの経営の難しさなのだ。

「実はお祖父ちゃんが倒れた後、ギルドはしばらく閉めていました。そのため登録していた冒険者が全員いなくなってしまって。だから依頼を受けても、仕事を回せなくて……」

ギルド内に染《し》みついた雰囲気的に、彼女の祖父が経営していた時は、小規模ながら繁盛していたのだろう。

だが空白の期間が長すぎたため、登録冒険者は他のギルドに次々と移籍。彼女が新しく再開しても誰も戻ってこない。全ての要因が悪循環となり、ここは今まさに廃業寸前になっていたのだ。

「ごめんなさい。そんな訳でウチは今、事務員を雇う余裕もないいんです」

「なるほど、そうですか。事情はわかりました」

困っている少女と不運な冒険者ギルドを、本心では助けてやりたい。だが経営者であるマリーが雇ってくれないなら、部外者であるオレは働きながら支援することすら不可能なのだ。

「それでは今日のところは失礼します。ん？」

諦《あきら》めて立ち去ろうとした時だった。店の中に〝何かの術〟が発動する気配がある。

シュワ――――ン！

次の瞬間、ギルド中に謎の光が発生する。

これは……《転移の術》の一種だ。

「オッホホホ！　こんな所にいたのね、〝我が愛しのフィン〟よ！」

甲高い笑い声と共に転移してきたのは一人の女性。

怪しげなローブをまとった二十代前半の妖艶《ようえん》な女性だ。

「あっ、エレーナさん、こんにちは。どうしたんですか、いきなり転移してきて？」

この人は冒険者の女魔術エレーナ。オレの前の職場に冒険者登録をしていた人だ。

「どうした、ですって？　愚問ね！　フィンが前の職場を辞めて他に移った、という噂《うわさ》を聞いて、飛んできたのよ、我が愛しき人よ！　オッホホホ！」

「そうだったんですか。それはわざわざありがとうございます。あと何度も言っていますが、自分とエレーナさんは『客と事務員の関係』なので、『我が愛しき人』ではないです」

「オッホホホ！　相変わらず見事な返しね、愛しのフィン！」

前の職場でエレーナさんを、何度か〝支援〟したことがあった。その時の恩を感じて彼女は『我が愛しの人よ！』と、変な呼び方をしてくる。何度も注意しているのだが、彼女の性分なのでオレも既《すで》に諦めていたのだ。

「な、な、人がいきなり出てきた!?」

突然現れたエレーナを見て、マリーは腰を抜かしていた。目を丸くして彼女を凝視している。

「ん……えっ!?　そ、その冒険者章は〝Sランク〟!?　ラ、ランクSで女魔術師といえば、この王都でも一人しかいないはず。つまり、この人が〝あの〟《大賢者》エレーナ＝アバロンなの!?」

マリーは口をパクパクさせながら何やらごにょごにょ呟いている。

この反応も仕方がない。エレーナの格好は女性の目から見ても、かなり大胆なデザインだ。はっきりいってエロス的な服を着ている。

前の職場でもエレーナの姿を見た冒険者は、誰もが同じように何かを叫んでいた。

「さぁ、我が愛しのフィン！　さっそくこの私に新しい依頼を受けさせてちょうだい！」

「エレーナさん、申し訳ないですが、実はオレはここのギルドに就職したわけじゃなくて……ん？」

誤解を解こうとした、その時だった。

物凄い速度で、こちらに向かってくる〝気配〟を感知する。

この気配は……たしか。

ビュン！　スチャ！

直後、ギルドの中に衝撃波がはしる。一人の男が飛び込んできたことによって、引き起こった衝撃波だ。

「はっはっは……！　さがしたぞ、我が永遠の友フィンよ！　こんな所にいたのか！」

飛び込んできたのは一人の男。剣を腰に下げた壮年の剣士だ。

この変な豪快な笑い声の剣士も、オレの顔見知り。

前のギルドに登録していた冒険者だ。

「こんにちはガラハッドさん。相変わらず急に登場しますね。もしかしてアナタも？」

「もちろん、そうである！　我が永遠の友の転職の話を聞いて、気配を探して、ここまで飛んできたのである！　はっはっは……！」

この剣士ガラハッドもエレーナと同じ。前の職場で、何度か〝支援〟したことがある関係。その時のことに、やけに恩を感じて、『我が永遠の友よ！』と変な呼び方をしてくるのだ。

「な、な、いきなり人が見えない速度で飛んできた!?　そ、それに、この人も冒険者章はSランクの人!?　Sランクの剣士でガラハッドといえば……〝あの〟《剣聖》ガラハッド＝ソーザス卿なの!?」

突然現れたガラハッドを見て、マリーは目を丸くしてまた何か呟いている。

この反応も仕方がない。エレーナに負けず劣らず、ガラハッドもかなり変な風貌なのだ。

客観的に見て似合わない変な髭《ひげ》、筋肉質な体形に不釣り合いな怖いほどの笑顔。実戦的じゃないタキシード風な服装の怪紳士。

前の職場でも彼の姿を初めて見た冒険者は、足を震わせながら誰もがマリーと同じように何かを叫んでいたものだ。

「さぁ、我が永遠の友フィンよ！　新しい職場でも、さっそく依頼を受けようじゃないか！」

「申し訳ありません、ガラハッドさん。せっかく来てもらって悪いのですが、今のオレはまだ無職。このギルドにも就職できませんでした」

他のギルドに移る権利は各冒険者にある。だから二人が追いかけてきてくれたことは、正直なところ嬉しい。

でも次の仕事先が決まってない今の自分にとって、この状況はかなり気まずい。マリーに迷惑にならないように、オレはギルドから立ち去った方がいいだろう。

「フ、フィンさん！　ちょっと、待った！　です！」

そんな時だった。腰を抜かしていたマリーが、突然立ち上がり呼び止めてくる。いったいどうしたのだろうか？

「やっぱりウチは求人を出していました！　なのでウチで働いてください！　というかウチの冒険者ギルドの経営を助けてください！」

「ん？　そうだったんですか？　それならありがたく働かせてもらいます」

なぜマリーの態度が急変したのかは、よくわからない。だが冒険者ギルドに就職できることは有りがたい。

こうして職探しをしていたオレは、無事にボロン冒険者ギルドに就職したのであった。


無事に就職できたが、このギルドには発注できる依頼がまだ一つもない。丁重に事情を話して、エレーナとガラハッドには帰ってもらうことにした。

「了解したぞ！　はっはっは……！　また来るぞ、我が永遠の友フィンよ！」

「それじゃ、またね、愛しのフィン♪」

二人とも帰り際も異様なまでに上機嫌だった。あの様子なら後日また来てくれるだろう。

ギルド内に残ったのはオーナーのマリーとオレの二人だけ。ちょうど他に誰もいないので、さっそく仕事の話にとりかかることにした。

「オーナー、雇ってもらったばかりで恐縮なんですが、ギルドの経営状態を聞いてもいいですか？」

「はい、もちろんです。フィンさんには期待しているので、なんとかお願いいたします！　なにしろ〝あの〟剣聖と大賢者に慕われている人だから！」

「わかりました。期待に添えるように全力を尽くします」

マリーはまた何やらブツブツ言っているが、全面的に協力をしてもらえるのは助かる。なぜならボロン冒険者ギルドの経営状況は明らかに危険な状況。一刻も早く手を打たないと、廃業してしまう危険性があるのだ。

「えーと、これがウチの経営関係の全部の帳簿です」

マリーが奥からもってきたのは数冊の帳簿。ここ最近の収支の会計帳簿や、ギルドの依頼の受注と発注など、詳細が書かれた帳簿の数々だ。

「ありがとうございます。それでは中身を失礼します……」

数冊の帳簿を同時にペラペラとめくっていきながら、内容を確認していく。

ふむふむ、なるほど。経営状況はこうなっていたのか。

「記憶しました。お返しします」

「え、えっ!?　い、今の一瞬で記憶したんですか、フィンさん!?」

「はい、そうです。記憶力だけには少々自信があるので」

なんの特技もないが、昔から記憶力だけには自信があった。流し読みしただけで、全ての内容が頭にインプットできるのだ。

ちなみに記憶力が良いのには、ちょっとした理由がある。実は育ての親の師匠に、幼い頃から『フィン！　この魔術師辞典を一日で暗記しなさい！』とスパルタ教育をされてきたのだ。

師匠は鬼のように厳しかったけど、成功したらちゃんと褒《ほ》めてくれる人。だからオレは自然と記憶力が身についていったのだ。

「さて、オーナー。時間がないので厳しい話をします。よろしいですか？」

「き、厳しい話!?　は、はい、お願いします」

経営の再建にはオーナーの意識改革が必須と判断した。緊張した表情のマリーに説明をしていく。

「帳簿のデータから推測するに、今のペースでいけばウチは、あと一ヶ月で廃業します」

「えっ!?　い、一ヶ月で廃業を!?　どうしてですか、フィンさん？　たしかにウチには登録冒険者がほとんどいなくて、依頼してくれる人もいなくて貧乏だけど、それでも一生懸命やってきたんです。これから頑張ればどうにかなりませんか!?　教えてください、フィンさん？」

オレの厳しい指摘にマリーは声をあげる。一生懸命にやってきた彼女にとって予想外の指摘だったのだろう。

だがマリーは勇気を出して理由を訊《たず》ねてきた。これは経営者にとって大事な姿勢だ。彼女にもわかるように丁寧に説明をしていく。

「帳簿を見ただけでわかります。オーナーのこれまでの努力は否定しません。でも現実は厳しいです。オーナーは知っていましたか？　冒険者ギルドには〝成果達成義務〟があることを？」

前述の通り、王都のギルドは飽和状態になっている。そのため王都の冒険者ギルド協会は〝成果達成義務〟の規則を制定していた。

〝成果達成義務〟は簡単に説明すると、次のような感じだ。


―――◇―――

・冒険者ギルドとして多くの高難度の依頼を受けて、登録冒険者が依頼を達成していくと、ギルド評価ポイントがたまり、ポイントがある程度まで到達するとランクが上がる。

・逆に成功率があまりにも低いと、ギルド評価ポイントが減っていき、ギルドランクも一段階ずつ降格していく。
・また協会が定めた最低基準の評価ポイントを、期間中に一度も達成できない場合も、ギルドランクが一段階ずつ降格していく。

◇

このように上手《うま》く運営していないと、ギルド評価ポイントが減り、ギルドランクが段々と下がっていく規則なのだ。

「そ、そのくらいは知っています。私も仮にも冒険者ギルドのオーナーですよ！」

「失礼しました。でもボロン冒険者ギルドはここ数ヶ月間で、一度も依頼の成功結果がないです。このままではペナルティとして一ヶ月後に、ランクが更に下がります」

「えっ……ウチは今ランクFだから、その下は、もしかして……」

「はい、ランクFの下はありません。つまり『冒険者ギルド経営権の剝奪《はくだつ》』およびに、ギルドの廃業となります」

「そ、そんな。廃業する、なんて知ったら、病床のお祖父ちゃんに、なんて説明したら……」

廃業の危機と聞いて、マリーは顔を真っ青にする。

元々ここは彼女の祖父ボロンが、若い時に立ちあげた冒険者ギルドだという。治療中の創業者は今も病床から、ギルドの行く末を心配しているのだ。

「お、お願いします、フィンさん！　うちのギルドを助けてください！　どんな経営改革をしてもいいので！」

「落ち着いてください、オーナー。助けられるかどうか保証はできませんが、オレもできる限りのことはします」

　困っている経営者とギルドを放ってはおけない。それに毎月十万ペリカの、自分の生活費を稼ぐ必要もある。

　だから新しい勤め先には潰れてもらっては困る。どこまで力になれるかわからないけど、最大限の努力はしていくつもりだ。

「さて、経営状況が危険なことは理解してもらえましたか。とにかくボロン冒険者ギルドはこれから大幅に経営を改革していく必要があります。オーナーも協力してもらえますか？」

「ええ、もちろんよ！　私にできることだったら、何でも言ってちょうだい！　何でもするから！まずは何からすればいい？　やっぱり〝さっきの二人〟に協力してもらうの!?」

　マリーは目を輝かせて積極的。まるで救世主でも見るような目で見てくる。

　普通の事務経験者でしかないオレにあまり期待されても困る。だが経営者の全面的な協力を得られるのは助かる。

「協力の申し出ありがとうございます。それではオーナーは留守番をお願いします」

「へっ？　留守番……を？」

「はい。オレはちょっと出かけてくるので、よろしくお願いします。もしも誰か来たら、メモをとって対応お願いします」

「わ、わかったけど……フィンさんは、どこに行くの？　ねぇ、ちょっとー!?」

マリーの声が聞こえた気がしたけど、今は時間がない。

ギルドを後にして真っすぐ大通りにやってきた。

「さて、冒険者ギルドの立て直しの最初のステップは、ここしかないな」

経営改革のために最初に訪れたのは、大通り沿いの薬屋。王都の中でも一、二を争う規模の《ヤハギン薬店》だ。

他の客と同じように、正面入り口から店内に入っていく。

「ほほう。噂には聞いていたけど、中も立派だな」

店内はかなりの規模だった。色んな種類の薬草とポーションが陳列され、買い物客で賑わっている。買い物客の多くは冒険者と市民だ。冒険者は怪我や毒消しなど、仕事で使う商品を買い求めているようだ。

一方で市民は解熱や傷薬、内服薬など生活に必要な薬を購入している。幅広い年齢層の客層で大盛況だ。

だがオレの目的はそこではない。

「えーと、事務コーナーは……あった、あそこだ」

販売コーナーの奥に事務用のカウンターを発見。一般の客は用がない場所で、取引先の業者しか立ち寄っていない。

オレは他にわき目もくれずに奥に進んでいく。

「すみません。冒険者ギルドの者ですが、『薬草採取の依頼』の受注に関して営業で来ました。担当の人はいますか？」

受付の女性事務員に挨拶《あいさつ》をして、こちらの来訪の目的を訊ねる。

そう……今回この薬屋を訪ねたのは、『薬草採取の依頼』を受諾するためだ。

冒険者ギルドを経営していく上で、一番大事なことは『依頼を冒険者に発注する』こと。なぜなら依頼の手数料によって、冒険者ギルドの経営は成り立っているからだ。

だが今のところボロン冒険者ギルドには、外部からの依頼はゼロ件。経営再建するためには、とにかく外部から依頼を受ける必要がある。

その手始めとして選んだのが、今回の薬草採取の大元の依頼。薬草採取は冒険者ギルドの基本的な依頼の一つ。魔物討伐に比べて薬草採取は危険度が低く、初心者冒険者の人気も高い。

まだ登録冒険者がちゃんといないボロン冒険者ギルドにとって、薬草採取はうってつけの依頼内容なのだ。

今日のオレの目標はこの大型薬屋で、なるべく沢山の『薬草採取の依頼』を受注し、ギルドに戻ってから小分けの依頼書にして、ギルド内に張り出すことだ。

そんなことを考えていたら、奥から男性職員がやってきた。

「お待たせしました。『薬草採取の依頼』に関してですね？　ちなみに、どちらの冒険者ギルドの営業の方ですか？」

担当の男性職員は『王都冒険者ギルドの一覧表』を確認しながら、仕事の交渉をしてくる。相手ギルドの規模に合わせて、依頼を変えてくるのだろう。

「当方は〝リッパー冒険者ギルド〟……じゃなく〝ボロン冒険者ギルド〟の者です」

危うく前の職場の名前を、言ってしまうところだった。慌てて言い直す。前職では事務仕事の経験しかないため、営業活動に慣れていないのだ。

「ボロン冒険者ギルド？　あまり聞かない名前ですね。冒険者ギルドランクは……あっ、Ｆか……」

『王都冒険者ギルドの一覧表』を確認して、男性職員はあからさまに態度を変える。先ほどまでの丁寧な態度から、かなり面倒くさそうな顔になったのだ。

「はぁ……ボロン冒険者ギルドですかー。何年か前までは、けっこう調子は良かったみたいですが、最近はイマイチみたいですね。というかランクＦなのに、営業の人がいたんですね、あそこは」

台帳を確認しながら、男性職員はため息をついている。口調から推測するに、過去の取引の成績を確認しているのだろう。

おそらくマリーの祖父が元気にギルドを切り盛りしていた時は、ボロン冒険者ギルドはそこそこの評価があったのだろう。だが彼が体調を崩したここ数年の評価は、あまり芳《かんば》しくない雰囲気だ。

とくに休業期間に素人のマリーがオーナーになったことで、一気にギルドの評価は下落していたのだろう。

「えーと、それじゃ、この余っている仕事を発注するね。はい、どうぞ」

「ありがとうございます！　ん？」

男性職員が渡してきた発注表を確認して、思わず自分の目を疑う。発注表に書いてあった仕事の種類は、なんと『二百束のバリン草を1，500ペリカで買い取る』だったのだ。

〝バリン草〟自体には問題はなく、市民がよく使う生活薬だ。

問題なのは今回の数量。冒険者がギルドで受ける相場は、一束あたりの報酬は10ペリカが普通。つまり全ての採取が上手くいっても2，000ペリカ。差し引きで、ボロン冒険者ギルドの手数料は約500ペリカにしかならないのだ。

王都での一人暮らしの一ヶ月の生活費が、約十万ペリカ。それと比較しても今回の発注はかなり少ない。というかボロン冒険者ギルドの手数料500ペリカは、子どものお小遣いにも負けているのだ。

（ああ、なるほど。これが弱小冒険者ギルドに対する塩対応か……）

落ちぶれたボロン冒険者ギルドのことを、男性職員は見下しているのだろう。本当は取引するのも面倒なのだ。

だが王都の規則で、ギルドに対して仕事を発注する義務がある。だから、こんな常識ではあり得ない小さな仕事を、嫌がらせとして発注してきたに違いない。

「ん？　どうしました？　発注を受けるのは止めておく？　ウチは別にそれでも構いませんよ!?　忙しいんだから、早く決めてくれよ！」

イライラしながら高圧的な態度をとってくる。担当者としてはあり得ない横柄な態度だ。

「……いえ、ありがたく受注させていただきます。本当にありがとうございます」

だがオレは頭を下げて、受注書にサインする。男性職員の態度は、あまり褒められたものではない。だがオレは冒険者ギルドでの仕事は、時にはこうした理不尽なことも起きる。オレは自分の感情を押し殺して、勤め先、ボロン冒険者ギルドのために我慢することにする。

オレは心を無にしてサインして、カウンターを後にする。

「はっ。それじゃ、また、似たような発注があったら、用意しとくね、ボロン冒険者ギルドさん！　はっはっは……」

追い打ちをかけるように、男性職員が嘲笑《ちょうしょう》してきた。おそらく『もう二度と来るな、この弱小ギルドめ！』という意味を込めているのだろう。背中ごしでも態度でわかる。

「仕方がない。一度、戻るとするか。ん？　あの人は……」

事務カウンターを後にした直後、店の奥に知り合いを見かける。かなり高そうなローブを着た年配の女性だ。

「ん!?　そこにいるのはフィンじゃないかい!?」

相手の老女も、オレの存在に気がつく。店の奥から駆け寄ってくる。

「事務員のお前さん、どうして、ウチの店に!?　何かあったのかい？」

「ハヤギンさん、こんにちは。ご無沙汰しています」

駆け寄ってきた老女は薬師のハヤギンさん。前の職場での顔見知りで、オレが何度か〝こっそり支援〟した相手だった。

「実は前の職場をクビになってしまい、今はボロン冒険者ギルドというところに再就職したんです。それで事務と兼業で営業活動をしていました」

前の職場ではオレは事務専門で、外回りをしていなかった。解雇されたことを説明するのは恥ずかしいが、驚くハヤギンさんに事情を説明する。

「な、なんだって!?　オヌシのような有能な存在をクビにしただって!?　あの落ち目だったリッパー冒険者ギルドを立て直したのは、フィンの陰の功績のお蔭じゃろが!?　それなのにクビだなんて、そんなアホなことがあってたまるかい！　どれ、アタシがリッパーの所に怒鳴り込んであげるよ！」

「いえいえ、それには及びません。クビになったのは自分の不甲斐なさが原因なので。お気遣いありがとうございます」

顔を真っ赤にして激怒するハヤギンさんをなだめる。それにしても随分とオレに対する評価が高いような気がする。

『オヌシのような有能な存在』や『あの落ち目だったリッパー冒険者ギルドを立て直したのは、フィンの陰の功績のお蔭』とか、とにかく褒めすぎだ。

たしかに自分が勤める前のリッパー冒険者ギルドの評価ポイントは低かった。ハヤギンさんの言う通り、オレが勤め始めてから急激に成果を上げていったのだ。

でも、きっと偶然だろう。オレがしたことは普段の事務仕事と、多少の支援だけなのだから。

「ふん。相変わらずアンタは腰が低くて、欲がない変な奴じゃのう。まぁ、そういう性格だからアタシをはじめ、色んな業界のファンがいるんだけどね」

「面目《めんぼく》ないです。そして、ありがとうございます」

ハヤギンさんは少し口が悪く、白黒はっきりした性格の女性。そのためけなしているのか褒めているのか、よくわからない。とりあえず謝罪と感謝、両方をしておく。

「でも元気そうで良かったわい。ん？　その受注書は……もしや仕事をとってきたのか？」

「えっ？　これですか？　そこのカウンターで担当者の方から、仕事を頂戴してきました」

「ちょっと確認させてもらうよ！」

そう言ってハヤギンさんは、オレの手から注文書を奪い取る。見られても困るものではないから、特に抵抗はしない。

「な、なんだい、こりゃ!?　『二百束のバリン草を1，500ペリカで買い取る』だと!?　こんな子どもの小遣いにもならない依頼を、フィンに発注したのかい、あの能無しは!?」

注文書を確認して、ハヤギンさんは顔を真っ赤にする。こめかみに血管が浮き出るくらいに興奮していた。

「そんなに怒らなくても大丈夫です。実は再就職先の冒険者ギルドランクはFなんです。ここ数ヶ月は一切の実績もなくて、この対応も仕方がない業界なんですよ」

前に聞いた話だと、ハヤギンさんは一介の薬師。冒険者ギルドと取引先の業界話は、知らないはず。丁寧に説明して怒りを鎮《しず》めてもらう。

「いや、何を言っておるんじゃ！　お前さん程の才能ある男なら、冒険者ギルドランクなんて関係ないじゃろうが!?　ふん！　ちょっと、そこに座って待っておれ！」

「えっ、はい？　わかりました」

興奮状態のままハヤギンさんは、事務コーナーに向かっていく。仕方がないので店内の椅子に座って、戻ってくるのを待つことにした。


それからしばらくして、待っているオレの所に、誰かが猛ダッシュで駆け寄ってくる。先ほどの男性職員だ。

「フィ、フィン様！　貴方様《あなた》のことを知らなかったとはえ、先ほどは大変失礼な態度をとってしまい、まことに申し訳ございませんでした！」

男性職員は別人のように態度が違う。いきなり土下座で床に頭をこすりつけて、最上級の敬語で謝罪してきたのだ。

あと髪の毛がいつの間にか丸坊主になっている。この短時間に、いったい何が起きたのだろう？

「あと、こちらが新しい注文書です！　どうかお納めください！」

「はい。ん？　でも、これは、いったい……」

「ひっ!?　す、すみません!?　ひき肉ミンチにしないで下さい！」

一方的に謝罪をして、一枚の注文書を献上。まるでオレのことを化け物でも見るかのように、怯《おび》えて男性職員は逃げ去っていく。

一体何が起きたのか、まったく意味がわからない。狐に騙《だま》された気分だ。

とりあえず渡された注文書を、細部まで確認していく。うん、間違いなく正式な書類。それに先ほどとは違う依頼内容が書かれている。

だが、この内容はいったい？

「ふう……あの無能者め。さて、待たせたね、フィン」

ハヤギンさんが満足そうな笑みで戻ってきた。いったいどこに行っていたのだろう。

彼女は丸坊主用のバリカンを手にしていた。

「どうだい、その新しい注文書は？　その位じゃないと〝アンタの規格外の腕〟は生かせないじゃろ？」

「まぁ、そうですね。経験的に〝このくらい〟なら大丈夫かと思います」

なぜ新しい注文書の内容を、ハヤギンさんが知っているのだろう。

だが先ほどからオレのことを心配してくれている。安心させるために、大丈夫だと答えておく。

「あっ、時間なので、そろそろ失礼します。ハヤギンさんもお元気で」

「お前さんもな。また気軽に顔を出すんじゃぞ！」

ハヤギンさんに挨拶をして、店を出ていく。それにしても変なことがたくさん起きる店だったな。

「さて、戻るとするか」

とにかく色々あったけど依頼を受けることには成功したのだ。気持ちを入れ替えてボロン冒険者ギルドに戻ることにした。

新しい注文書の品は『《究極万能薬《エリクサー》》』と《寿命延長薬《マナ・エーテル》》の素材を、それぞれ1，500万ペリカで買い取る』か。

買い取り価格が多い気がするが、冒険者向けの依頼の相場はあってないに等しい。需要がそれだけ高まっているのだろう。気にしないでおく。

それに内容自体はあまり難しくない。オレの経験的にこれは新人冒険者でも大丈夫な内容だろう。

「今のところ幸先《さいさき》いいスタートだな」

こうして初めての営業活動で、なんとか新人冒険者用の依頼をゲットすることに成功したのであった。

二章　新人冒険者へ

「ただいま戻りました、オーナー」

「あっ、フィンさん！　どこに行っていたんですか!?」

「勘違いさせてすみません。実は営業活動にいってきて、こんな感じで仕事の受注をしてきました」

「えっ、本当ですか!?　すごい、しかも三枚も！」

《ヤハギン薬店》からの注文書の表紙を見て、マリーの表情が変わる。

彼女がオーナーとなったここ三ヶ月間で、ボロン冒険者ギルドはほとんど依頼を受注できなかった。そんな中で大快挙だと彼女は大喜びする。

「内容はどんな感じですか!?」

「バリン草の採取と、その他二件の〝初心者向けの依頼〟です」

「あー、バリン草と初心者向けの依頼か。やっぱり、なかなか大きい仕事はないのねー。でも、これも経営改革への第一歩！　今までのゼロから、数百ペリカの前進ってところね！」

バリン草の依頼はギルドにとって、少額の手数料しか入らない仕事。だがマリーは愚痴《ぐち》ることとなく、前向きにとらえて喜んでいる。

　正直なところ彼女は経験が少なく、今のところ頼りない。だが、こうしたプラス思考な性格は素晴らしい。率直に言って前職の酷い上司や同僚とは、比べ物にならない上司だ。

　ボロン冒険者ギルドに就職して良かった、と思わず感慨深くなる。さて、前向きなオーナーのためにも、次の作業に移るとするか。

「張り出す依頼書は、自分の方で作っておきます。ちなみにオーナー、留守中は冒険者や依頼人は来ましたか？」

「うっ……それを聞くのね。ゼロよ！　誰も来なかったわ！　というか、ここ毎日、冒険者と依頼人は誰も来ていないわよ！」

「なるほど。やはり、そうですか」

「ずばり言いますが、オーナー。このままここで待っていても、新規冒険者は誰もきません」

「えっ……それって、どういうこと!?　お祖父ちゃんの代は、凄く登録冒険者がいたはずなのに!?どうして!?」

「では簡単に説明します……」

　状況がつかめず混乱するマリーに、オレはわかりやすく次のように説明していく。

　先代の経営者ボロンさんの長年の頑張りのお蔭で、数年前まではギルドに勢いがあったことを。建物の規模的に、最盛期には数百人の登録冒険者がいたのだろう。

　だがボロンさんの持病が悪化してからは、なかなかギルドの経営の先頭に立てなかったはず。経営者の動きが悪くなると、ギルド自体の勢いが下降していく。そこで何割かの冒険者が、他のギルドに移籍していったに違いない。

追い打ちをかけたのは、持病が悪化して、ボロンさんが店を閉めていた期間だ。ほぼすべての冒険者が他に移籍したと推測される。

今、街頭で聞き込み調査をしたら、きっと『え？　ボロン冒険者ギルドは店をもうとっくに閉めたんだろう？』という噂が、王都には流れているはずだ。

だから三ヶ月前からマリーがギルドを再開しても、誰も冒険者が訪れなかったのだ。ボロン冒険者ギルドが営業を再開したことを、多くの冒険者たちは知らないのだから。

更に追い打ちをかけているのが、このギルドの立地の悪さ。

表を見てわかるとおり、ここは冒険者が歩かない昔ながらの下町通り。雰囲気的に再開発のあおりを受けて、冒険者の動線から外れてしまったのだろう。

つまり店でマリーが待っていても、新たな冒険者が登録に訪れる可能性は、ゼロに等しい。

「……というのがオレの推測です。心当たりはありませんか？」

「うっ……たしかに。お祖父ちゃんの時の登録冒険者は、他に移籍した噂があったかも。あと、この通りも都市開発で行き止まりになっちゃったの……」

マリーの顔は血の気が引いていく。

きっと今の彼女は『このままギルドを経営しても、昔の登録者は誰も来ない。さらに新規登録者が飛び込みで来る可能性も皆無。まさにゼロからのスタート……いや、マイナスばかりの再スタートなの!?』と絶望に打ちひしがれているに違いない。

「ど、どうしよう……せっかくフィンさんが仕事を取ってきてくれたのに、このままじゃウチは……」

「大丈夫です、オーナー。登録冒険者がいないのであれば、新規で勧誘すればいいんです」

既存の登録者に依存せずに、新規登録者を勧誘するのは、冒険者ギルド経営の常識。経験が少ないマリーに次なる策を提案する。

「た、たしかに！　あっ、でも、こんな人通りが少ない立地だと……」

「その問題解決の方法も考え済みです。今回はオーナーも一緒に来てください」

「えっ、でも、店番は!?」

「誰も来ないのなら、留守番をしても意味はありません。張り紙をして、二人でいきましょう！」

ギルドの入り口に鍵をかけて、張り紙に『外出中。夕方前には戻ってきます』と書いておく。

準備を終えて、マリーと一緒に出発。ギルドから一番近い、大通りの広場にやってきた。

「なるほど。予想通り、こっちはかなり冒険者が歩いていますね」

ここは街の主要城門の一つから延びた大通り。そのため多くの冒険者の集団が、ひっきりなしに往来している。見た感じ、王都の中でも五本の指に入る、冒険者の通行量が多い通りだ。

「ん？　見てください、オーナー。あそこに冒険者ギルドがあります。さすがは好立地ですね」

広場の周りに冒険者ギルドが三軒ほどあった。どの店も登録冒険者が多いのだろう。かなり繁盛している雰囲気だ。

「うっ……あそこは、いいですね。ウチもこんな場所にあったらよかったのに……」

勢いのあるギルドの様子を、マリーはうらやましそうに見つめていた。再開発によって人の流れが変わってしまった、自分の店の立地事情を悲しんでいる。

「さて、オーナー。見ているだけでは、ウチに新規登録者は来てくれないです。行動を起こしましょう」

「えっ、でも、どうやって？」

「簡単です。ボロン冒険者ギルドの存在を、この広場で宣伝するんです」

「え、どういうことですか？」

「さて、やるとするか」

新規登録者を増やすためには、人通りが多い場所で宣伝活動を行うのが効果的。冒険者の往来が多いこの広場なら、絶好の宣伝活動ができるだろう。

「待ってください、フィンさん！　さすがに他のギルドの前で、冒険者を引き抜きするのはマズイですよ！」

マリーが焦るのも無理はない。冒険者ギルドは基本的に互いにライバル関係にある。

そのため他のギルドからの引き抜きは、業界内ではご法度《はっと》。暗黙のルールを破った場合は、冒険者ギルド協会から制裁を受ける危険性があるのだ。

「大丈夫です、オーナー。引き抜きはしません。これから行うのは宣伝活動であり、ボロン冒険者ギルドの認知度を高める行為です」

「えっ……〝認知度〟？　何ですか、それは？」

「説明は後でします。急ぎましょう」

今は詳しく説明をしている暇はない。冒険者の通行量が減る時間帯の前に勝負をかけたいのだ。

「まずはオーナー、これを着てください」

二枚の看板を紐《ひも》で繋《つな》げたモノを、有無を言わさずマリーの首にかける。紐が彼女の両肩に引っかかり、板が背中と胸の前に垂れる感じとなった。

「えっ？　今、どこから、コレを出したんですか、フィンさん!?　何もない空間から突然、出現したように見えたんですけど!?　というか、これは何ですか!?　いったい何が書いてあるんですか、この板には!?」

突然のことにマリーは混乱していた。彼女が身につけているのは着用型の看板。着用者は自分の看板の表面を見づらいため、奇妙な格好にジタバタしているのだ。

「オーナー、安心してください。変なことは書いていません。板に書いてあるのは〝ボロン冒険者ギルド〟の店名と宣伝だけです」

「えっ、ウチの店の!?　どういうことですか!?」

「簡単に説明すると、それはオレが考案した《人間看板《サンドイッチマン》》という宣伝手法です」

混乱するマリーに、端的に説明をしていく。

《人間看板《サンドイッチマン》》は広告宣伝手法の一つで、着用者の胴の前面と背中の両方に宣伝用の看板を設置し、着用者が街中を歩行することによって、周囲に広告できる手法だと。

「な、なるほど、そうだったんですか。でも……ジロジロ見られて、凄く恥ずかしいんですけど、これ……」

年頃の少女であるマリーが、顔を赤くするのも無理はない。通行人や広場にいる市民が、既に好奇の視線で彼女のことをジロジロ見はじめている。

「恥ずかしいかもしれませんが、我慢してください。視線を感じるということは『それだけ注目を浴びている』こと。つまりボロン冒険者ギルドの宣伝ができているということです。耳を澄ませてください。ほら、冒険者たちが噂をしていますよ！」

広場には多くの冒険者がいた。可愛らしい少女が奇妙な格好をしていることに、彼らも注目していたのだ。

「ん、なんだ、あの子？　変な格好だな？」

「おい、あの子のつけている板を見てみろよ。《ボロン冒険者ギルドはこの先で営業再開中！》だってよ？」

「ボロン冒険者ギルドって、あの潰れた所か？　また再開したんだな」

「あそこ昔はけっこう勢いがあったよな。それに面白そうなことをしているな！」

そんな感じで、広場の冒険者たちは噂をしている。

廃業したと思っていたボロン冒険者ギルドが、実は再開した事実。人は相手の知らないことを、伝えたい衝動にかられる。その効果で口コミが広まっているのだ。

「えっ……す、すごい。こんなに一気に宣伝されていくなんて。……これはどうしてですか、フィンさん!?」

まさかの宣伝効果の即効性に、当事者マリーは驚いていた。

「理由は簡単です、オーナー。人の感情は不思議なもので、相手から押しつけられた情報は、あまり受け入れません。ですが自分の目で見た情報は、不思議と頭の中に受け入れてしまうんです」

これは前職の事務時代に、〝ある顧客〟から教えてもらった情報。彼女はやけに人の心理に詳しく、色んな雑学を教えてくれたのだ。

その情報と実家にあった書物の知識を合わせて、オレは《人間看板《サンドイッチマン》》を編み出していた。前職では愚かな上司のお蔭で使うことが叶《かな》わなかったが、いつか役立つと思って、活用方法を温存していたのだ。

「なるほど、そういうことだったんですね！　たしかに。変わった格好の人は、ついつい見ちゃいますよね、私も」

「そうですね。あと凄いのは宣伝効果だけではありません。普通、この広場に看板を出すとなると、毎月数十万ペリカの費用がかかります。ですが、その《人間看板《サンドイッチマン》》なら無料。しかも移動したら、他の広場でも宣伝が可能になります」

「す、数十万ペリカが無料にですか!?　それは凄すぎます！　よし！　私、もっと頑張って歩いて宣伝してきます！」

莫大《ばくだい》な広告費が無料と気が付き、マリーは目を輝かせる。おそらくお金が好きなのであろう。軽い足取りで広場をスキップして回る。

ボロン冒険者ギルド
ボロン冒険者ギルドはこの先の下町で営業再開中!

さらに彼女は歌い出す。『冒険者の仕事を探すなら～ボロン冒険者ギルドがオススメ～♪　名前はボロンだけど、建物はボロくないよ～♪』とオリジナルの宣伝ソングまで即興で作り出していた。

ざわざわ……ざわざわ……

広場中が更にざわつく。

銀髪の可愛い少女が奇抜な格好で、奇妙な歌を歌いながら、スキップしている光景。広場中の市民と冒険者の注目が、マリーの全身に集まっている。その注目度の高さは、今や月数十万ペリカの宣伝効果を超えているだろう。

「お見事です、オーナー」

マリーのモチベーションを下げないために本人には言わないが、実はこれだけ注目を浴びても、急に登録冒険者は増えない。

なぜなら多くの冒険者は、既に他のギルドに登録済み。彼らは何らかの大きな事情がなければ、急に他のギルドに移ったりしない。まして廃業寸前のギルドランクFのウチには、普通の冒険者は移籍してこないのだ。

「さて、この野次馬の中に、新規登録者はいるかな……？」

だからオレが狙っているのは未登録の新人冒険者だけ。野次馬の冒険者を一人ずつチェックしていく。見るポイントは装備や服装、靴の履《は》き具合。そして何より顔つき。広場にいる数百人を同時に観察していく。

「ん……いた。あの二人は、そうだな」

野次馬の中に、若い男女の冒険者を発見。多くのポイントを確認したが、間違いなく新人冒険者だ。

おそらく彼らは『幼馴染《おさななじみ》の二人が、一攫千金を夢見て田舎から上京。先ほど王都に到着したばかりで、まだ登録ギルドも決まっていない新人冒険者』だろう。

「さて、ここからがオレの仕事だな」

看板姿のマリーのことを見ながら、二人は何やら話をしている。そんな新人冒険者にオレは営業スマイルで近づいていく。

「あの看板の冒険者ギルドに興味があるなら、ぜひ見ていきませんか？　今ならお得な初回サービスもありますよ。あっ、申し遅れましたが、自分はあのギルドの職員です」

営業スマイルだが言葉遣《づか》いは少し柔らかい感じ。相手に警戒されないように、自己紹介する。

「えっ……どうしよう、エリン？」

「せっかくだから見てみましょうよ、ライル！」

「そ、そうだね。それでは案内よろしくお願いいたします！」

二人は青年剣士ライルと女神官エリンというらしい。勧誘することに成功して、ボロン冒険者ギルドに行って、話をすることになった。

これでオレの考案した《人間看板《サンドイッチマン》》の宣伝効果の高さも、無事に証明されたことになる。二人を先導しながら心の中で一安心するのであった。

——だがフィン自身も知らなかった。

《人間看板《サンドイッチマン》》がこれほど広場の全員から、注目を浴びている本当の理由を。本当の理由は『看板の文字を書いたのがフィンだった』からなのだ。

そして広場の様子が、段々とおかしくなっていったことに、フィンは気がつかなかった。

「うわっ……なんだ、あの看板!?　なんか知らないけど、目が離せないんだけど!?」

「や、やばい、あの看板……目を閉じようとしても、勝手に視線が向いちゃうぞ!?」

「ま、まさか呪いの看板なのか!?　頭の中に看板の文字が侵入してくるぞ!?」

フィンの絶大な支援魔法が無自覚に広場で発動。

彼が立ち去った後の広場は、失神者が続出していたのだった……

◇　◇　◇

「……という訳で、フィンさん。私たちは、一攫千金を夢見て上京してきたんです！　ねぇ、そうだよね、ライル」

活発にずっと自分たちの話をしていた赤毛の少女、エリン。

「はい、エリンの今の説明で、間違いはないです。そちらの条件も了解しました。それでは登録よろしくお願いします、フィンさん」

強引な彼女に引っ張られながらも、ちゃんと自分の意思を伝えてきた茶色髪の青年がライルだ。

オレの予想通り、二人は『幼馴染同士で一攫千金を夢見て田舎から上京。先ほど王都に到着したばかりで、まだ登録ギルドも決まっていない新人冒険者』だった。

説明をして二人の意思を確認したところ、当ボロン冒険者ギルドに新規登録することになった。

オーナーのマリーはまだ広場で宣伝活動中。楽しそうに宣伝活動していたので、声をかけずに置いてきた。だから登録はオレが行うことにする。登録の方法は、協会で統一されているので問題はない。

「それでは冒険者の登録をするので、こちらの冒険者カードに触って、自分の名前を念じてくださ い」

〝冒険者カード〟は量産型の魔道具の一種で、色んなデータを記録できるカード。一度、本人が登録したら、他人は使うことができない。冒険者の身分証明証になる大事なカードだ。

「見て、ライル！　これ、自分の名前が刻まれたわよ！」

「そうだね、エリン。ん、この〝F〟と書かれているのが、もしかしてボクたちの冒険者ランクですか、フィンさん？」

初めて手にする冒険者カードに、二人とも興奮している。

「はい、そうです。最初はランクFからのスタート。依頼を何度か成功させていくと、ランクが上がっていくシステムです」

冒険者カードの登録が完了したので、次は冒険者の〝ランクシステム〟について説明をしていく。

冒険者は依頼を正式に受けて、成功させて報告すると評価ポイントが溜《た》まる。一定のポイントになると一つ上のランクに昇格できるシステムだ。

基本的にF~Sまでの七段階あり、簡単にまとめると次のような感じになる。

◇

《冒険者ランク目安》
・Sランク：大陸の危機に動員されるほどの、伝説級の冒険者（大陸にも数人しかいない）
・Aランク：複数の町や国の危機を解決できるほどの、国家級の冒険者（一ヶ国に十数人しかいない）
・Bランク：大きな街の危機を解決することができるほどの、凄腕の冒険者（大きな街に十数人しかいない）
・Cランク：小さな町や村の危機を解決することができる強さ（そこそこの数がいる）
・Dランク：初心者を脱却。そこそこの冒険者（けっこうな数がいる）
・Eランク：まだ駆け出しで、弱い魔物を退治するレベル（かなり多い）
・Fランク：登録したばかりの新人で、雑務がほとんど冒険者ギルド協会のマニュアル書によると、こんな感じとなる。

冒険者として一人前と言えるのは、Dランクから上の者たち。EランクとFランクは半人前の扱いをされる。

ランクCまでなら、努力さえすれば常人でも到達可能とされる。だが到達する前に、死亡率も上がるため全体数も少ない。だからランクCでも、かなり頼りにされる。

Bランクより上には、よほどの才能がないと上がれない。ランクBは凄腕と呼んでも過言ではない。更に上のAランクは別次元だ。

ちなみにAの上には、Sランクという特別なランクもある。だがランクSの冒険者は大陸の中でも十人未満。評価ポイントが溜まっても特殊な能力や加護がなければ、普通の冒険者はなることができない。

だから一般的に冒険者ギルドで扱うのは、ランクF～Aまでの冒険者なのだ。

「なるほど、わかりました。わざわざ説明ありがとうございます、フィンさん！」

「それなら私たちも十回くらい依頼を成功させたら、ランクEの昇格試験に挑めるってことですか？」

二人とも興奮しているが、説明はちゃんと聞いていた。気になる点を確認してくる。

「はい、そうです、エリンさん。昇格試験は王都のある、冒険者ギルド協会の鍛錬場で定期的に行います。それまでは最初は初心者向けの依頼をこなして、評価ポイントを溜めていってください」

「「はい！」」

一通りの説明は終わった。二人は今後の活動について、何やら話をしている。職員であるオレは空気を読んで、席を外すことにした。

「ん？　これは……」

――――そんな時だった。ギルドの中に〝何かの術〟が発動する気配がある。

シュワ――――ン！

次の瞬間、ギルドの中に光が発生する。これは《転移の術》の一種だ。

「オッホホホ……！　また会いにきたわ、〝我が愛しのフィン〟！」

甲高い笑い声と共に転移してきたのは、怪しげなローブをまとった妖艶な女性。女魔術師エレーナで、いつものオレのことを『我が愛しのフィン』と呼んでくる少し変わった人だ。

だが大事な登録冒険者であることは変わりない。事務員として対応する。

「エレーナさん。どうしたんですか？　また、いきなり転移してきて？」

「そろそろ依頼が張り出された頃合い、だと思って来たのよ！」

「あっ、そうでしたね。ナイスタイミングで依頼があるので、少しお待ち下さい」

前回、彼女が転移してきた時は、ギルドには依頼が一件もなかった。だが今は《ヤハギン薬店》から受注して依頼が何件かある。魔術師である彼女向きの依頼書を用意する。

「お待たせしました。今のところエレーナさん向きの依頼は、コレ一件しかないですが、いいですか？」

彼女に提案する依頼は《依頼：バリン草の採取。二百束のバリン草を1，000ペリカで買い取る》という内容だ。

午前中に《ヤハギン薬店》から受けた『二百束のバリン草を1，500ペリカで買い取る』から、手数料を差し引いた計算。差額の500ペリカが、当ギルドの収入となるのだ。

「な、な、なんですって……このアタシが……バリン草の採取ですって……!?」

依頼内容を確認して、エレーナは肩をプルプル震わせている。

いったいどうしたんだろうか？　魔術師だから薬草採取は得意だと思ったんだが。

「ああ、そういうことね！　よーく意図がわかったわ！　さすが愛しのフィンね！　これは初心者向けの依頼にみせかせて、実はとんでもない高ランクの依頼が隠されているのね!?　この依頼を受けてあげますわ！」

「ん？　ありがとうございます」

エレーナは意味のわからない言動が多い。今回も何やら呟いているが、気にしないでおく。

「この依頼の〝裏の真実〟を、必ず見つけてきますわ！　オッホホホ……！」

「では、気を付けて、いってらっしゃい、エレーナさん」

シュワ――――ン！

最後までよく意味のわからないことを言い残し、エレーナは転移魔法で立ち去っていく。

それにしても転移魔法はけっこうな衝撃波を発生させるので、今度からは自粛してもらおう。

「ん？」

あっ、そうだった。ライル君たちを放っておきっぱなしだ。次は依頼について説明をしないと。

「お待たせしました、二人とも……ん？」

戻ってきてみると二人の様子がおかしい。先ほどまでエレーナがいた場所を、凝視しながら固まっていた。

どうしたんだろうか？

「フィ、フィンさん、今、そこに女の人が、出現したような……」

「そ、そうよね、ライル!?　あなたも見たのね!?　たしかに、ローブを着た女の人が出現して、また消えたような!?」

ああ、なるほど、そういうことか。突然のエレーナの転移の術に、二人とも驚いたのだろう。

特に先ほどの彼女は《認識阻害の術》も発動していた。だから初心者冒険者の二人には、エレーナの姿が幻のようにしか認識できなかったのだろう。

それにしても困った女魔術師だ。次からは《認識阻害の術》も自粛してもらおう。

さて、上手く誤魔化して説明を続けるとするか。

「えーと、今のは気にしないで下さい。都会の冒険者ギルドでは、不思議な現象が起きる時があるのです」

「不思議な現象……そうだったんですね、フィンさん」

「さすが王都ね！」

素直な二人はすぐに納得してくれた。こうした細かいことを気にしないことも冒険者の大事な資質の一つだったりする。

「さて、お二人さん。登録は完了しましたが、今日は依頼をどうしますか？　受けていきますか？」

初心者冒険者の説明会も、次の段階に移る。登録したばかりの冒険者には、早めに依頼を受けてもうことが大事。新人のモチベーションを落とさないための、ギルドテクニックの一つだ。

「依頼をもう受けられるんですか!?　はい、もちろん！　ライルも、いいわよね？」

「うん、そうだね。ボクたちでも可能な初心者向けの依頼を、選んでもらえますか、フィンさん？」

二人ともすでにモチベーションは高く、一攫千金を夢見て目を輝かせていた。こういった若い熱意に出会えるから、冒険者ギルドの職員はやりがいがあるのだ。

「はい。ちょうど今、〝初心者向けの依頼〟がありました。依頼書を作成するので、少しお待ちください」

カウンターで依頼書を作成してくる。午前中に《ヤハギン薬店》で受注してきた、バリン草採取とは別の依頼案件だ。

「はい、お待たせしました。こちらがオススメの初心者向けの依頼です。どうですか？」

作成した依頼書を、二人に確認してもらう。

内容は『依頼：《究極万能薬《エリクサー》》の素材を1，000万ペリカで買い取る』だ。

《ヤハギン薬店》の手違いで依頼料は相場よりも高い。だがオレの感覚ではこれは初心者向けの依頼。駆け出し冒険者なこの二人でも、十分に達成可能なはずだ。

　ん？

　だが二人は依頼書を見ながら無言になっていた。どうしたのだろう？　もしかしたら依頼書に何か不備があったのだろうか？

「あの……すみません、フィンさん。実はボクたち〝上位共通語〟の読み書きが、あまり得意じゃなんです……」

「「………」」

「なるほど、そうでしたか。それは失礼しました」

　二人が固まっていた原因がわかった。

　この大陸では一般的に〝大陸共通語〟が使われている。会話と読み書きはほとんど共通語で行われていた。

　だが書く文字の方には更に難解な〝上位共通語〟も存在している。〝上位共通語〟は主に契約書類や依頼書に使われていた。

　ちなみに両者にどのくらい違いがあるか説明するなら、遥か東方にある島国文字の〝カン字〟と〝ヒラガナ〟くらい違うのだ。

　今回の依頼書にも所々に〝上位共通語〟で書かれていた部分がある。そのため田舎から出てきたばかりの二人は、上位共通語で書かれた部分が読めずに固まっていたのだ。

　これは明らかにオレのミス。事前に気がつくべきだった。

「失礼しました。それでは簡単に内容を説明します。この依頼は《究極万能薬《エリクサー》》の素材を集める簡単な内容です。素材はすぐ近くの弱い魔物を倒せば手に入れることが可能です。依頼料はご覧の通りです」

二人に口頭で説明をしていく。金額の部分は読めるはずなので、あえて説明しないのが冒険者ギルドのマナーというものだ。

「わざわざ説明ありがとうございます、フィンさん。〝えりくさー〟は初めて耳にしますが、初心者向けなら普通の薬なんでしょうね。あっ、ちなみに〝弱い魔物〟というのは、ボクたちでも討伐は大丈夫ですか？」

「ええ、もちろんです。以前も駆け出し冒険者の人が、同じような依頼をクリアしています」

ハヤギンさんから同じ内容の依頼を、オレは前職でも個人的に受けたことがあった。その時も達成したのは初心者の冒険者たち。オレが〝少しだけ〟支援したら、半日で素材を入手してきたのだ。

そのため今回のライル君たちも大丈夫だ、と見込んだ。

「わかりました。それじゃ、受けようか、エリン？」

「うん、そうね。報酬はちょっと安すぎるけど、初心者の私たちにはいいかもね。それじゃ、よろしくお願いいたします、フィンさん！」

二人とも納得をしてくれた。契約書にサインをしてもらい、彼らの冒険者カードに依頼内容を記録しておく。これで達成した時に、冒険者評価ポイントが溜まっていくのだ。

「あと、これが魔物がいる場所への地図です。北門から出ていくと近道です。あと魔物の特徴もここに書いておきました」

「こんな詳しい地図まで⁉　わざわざありがとうございます、フィンさん！　よし。早くいこう、エリン！」

「でも、ライル。もう時間も遅いから、明日の朝の方が良くない？」

「あっ、そうだね」

気がつくと夕方前になっていた。

基本的に冒険者は朝一で出発して、夕方前に戻ってくるのが常識。二人も今宵は宿に一泊して、明日の朝一に出発することになるだろう。

「二人とも、もしも常宿が決まっていないのでしたら、オススメの冒険者専門の宿がありますよ」

新人冒険者に宿屋や食堂をアドバイスするのも、冒険者ギルド職員の仕事。冒険者の収入予測を計算して、的確な宿代と食事代を計算してあげるのだ。

「ありがとうございます、フィンさん。まだ決めていないので、助かります」

「それなら、ここはどうですか？　二人部屋と個室の二パターンの部屋があります」

事前に用意していた宿の地図を見せて提案する。ここは王都にある初心者向けの宿。決して新しい建物ではないが、値段が安く治安も良い。

「なるほど、ありがとうございます。部屋は……同じ部屋でもいいよね、エリン？」

「えっ⁉　ちょ、ちょっと、ライル……私たち、もう子どもじゃないんだから、一緒の部屋は、さすがにマズイんじゃ⁉　で、でも、宿代の節約のためなら、仕方がないか……」

仲良さそうな感じで、二人は冒険者ギルドを出ていく。あの様子ではエリンの好意に、鈍感なライルは気が付いてないのだろう。眩しいほどの青春の若さである。

「さて、あの二人じゃ……」

ギルドに残ったオレは、二人のスケジュールを確認する。

予定では今宵は宿でゆっくり英気を養う。明日の朝一に、王都を北門から出発。《究極万能薬《エリクサー》》の素材となる魔物を狩りに行くのだ。

「《究極万能薬《エリクサー》》の素材狩りは初心者でも問題はないはずだけど、二人だけだと、少しだけ心配だな……」

状況を確認して急に不安になる。前職の時は新人冒険者四人で、《究極万能薬《エリクサー》》の素材を狩りに行って成功させた。

だが今回は半分の人数。あまり強くない魔物とはいえ、万が一の危険性がある。

「ふむ、これは仕方がないな。また〝やる〟とするか」

ギルド職員として勧めたからには、最後まで責任を取る必要がある。オレは準備をしてギルドを出ていくことにした。

「ただいまー、フィンさん！　って、フィンさん、どこに行くんですか!?」

ちょうど入れ違いで、オーナーのマリーが戻ってきた。

「定時なので帰宅させていただきます、オーナー」

ボロン冒険者ギルドの営業時間は、朝九時から夕方六時まで。冒険たちは陽の出ている時間に活動するため、ギルドも夜は遅くまで営業しないのだ。

「えっ、もう、そんな時間だったの!?」

「オーナーもお疲れ様です。あと先ほど新規登録者を獲得して、依頼も二件ほど出しておきました。詳細は明日の朝に報告します」

「えっ、新規登録者を獲得できたの!?　しかも、依頼を二件も!?　いつの間に!?　って、フィンさんが、もういない!?」

経営者に残業代の負担をかけないために、オレは定時で帰ることを常に心がけていた。素早く退勤することも、勤め人としての責務なのだ。

誰にも見つからないように、王都の裏通りを駆けていく。

「さて、今宵は少しだけボランティア活動をするか」

今宵はこれから個人的な残業、ボランティア活動を行う。ライルたちの明日の活動が心配なので、事前に現地調査をする予定。ついでに〝少しだけ露払い〟をしてくるのだ。

「たしか《究極万能薬《エリクサー》》の素材は、北の〝火炎山脈〟の《火炎巨大竜《レッド・ドラゴン》》だったよな？　さて、ひとっ走りしてくるか」

こうしてオレは一晩かけて新人冒険者の冒険ルートを、少しだけ支援しておくのであった。

◇　◇　◇

翌日。

オレは朝八時前に出勤。オーナーのマリーが出勤してくる前に、掃除と書類整理の仕事をしていく。掃除と整理整頓は新人職員の大事な仕事だ。

「……よし、いい感じになったな」

今朝の分の掃除と整理を終えると、昨日に比べてギルド内はかなり綺麗になった。

「やはり接客業でもある冒険者ギルドは、入店時の店内の印象が大事だからな」

ここだけの話、ボロン冒険者ギルドの店内の最初の印象は悪かった。照明の魔道具の光が消えかけ、ギルド内は薄暗く、物が散らかり放題。客目線で見たらマイナスイメージな店内だった。

だから今朝オレは少しだけギルド内を明るい雰囲気に改善したのだ。

「おはようございます。フィンさん、朝早いですね？」

開店九時ギリギリにマリーが出勤してくる。朝はあまり得意ではないのであろう。かなり眠そうな表情だ。

「あれ？　もしかしたら、掃除をしていたんですか、フィンさん？　ありがとうござい……!?　っ、なにこれ!?」

だがギルド内に立ち入った瞬間、眠そうにしていたマリーの表情が変わる。一気に覚め、目を大きく見開いてギルド内を見回している。

「ん？　何か問題でもありましたか、オーナー？　整理整頓と掃除をしたのですが」

「いえいえいえ！　何を言っているんですか、フィンさん！　これは整理整頓どころの話じゃないでしょ!?　ど、どうして、ギルド内が別の店のように、こんなに激変しているのよ!?」

　ああ、なるほど。マリーが驚いているのは、そのことか。これはオレのミス。ちゃんと説明をしよう。

「失礼しました、オーナー。実は整理整頓をしている時に、気が付きました。『この冒険者ギルドの配置は非効率だな』と。そこで掃除しながら配置も変えてみました。新しい机の配置はどうですか？」

「いやいやいや！　配置替えどころじゃないですよ、フィンさん！　『間取り』まで変わっているじゃないですか!?　ど、どうやって、たった一晩で、こんなに大規模なリフォームを……!?」

　何やらブツブツ言いながら、マリーはギルド内を確認していく。

「ふう……フィンさん、あなたはいったい何者なんですか!?　普通じゃないですよ!?　い、いや、待って。フィンさんには、あの大賢者や剣聖にコネがあるだから、ここは気にしない方がいいのかもよ!?　……ふう、まったく」

　独り言を言いながらも、何か自分自身に言い聞かせていた。自分の新しい席に座りながら深いため息をついている。

　ふむ、なるほど。この早い気持ちの切り替えと、適応力の高さは見事なもの。オーナーとしてマリーの長所かもしれない。

「あっ、そういえばフィンさん。昨日、『新規登録者を獲得した』って言っていたけど。どうなりましたか？」

　落ち着いたところでマリーが確認してきた。内容は彼女がいなかった時の、ギルドの営業についてだ。

「報告が遅れました。これが昨日の業務の報告書です」

昨日マリーは広場で宣伝活動に勤しんでいた。ライル・エリン組に関する報告書を提出する。

「ふむふむ……なるほどね。田舎から出てきた新米冒険者の二人を、新規登録できたのね。大成果ね！　まぁ、本音を言えば、できれば腕利きの冒険者が欲しかったけど、こればかりは仕方がないし」

お茶を飲みながらマリーは報告書を確認している。彼女が欲張る心情も、経営者として理解はできる。

冒険者ギルドの主な収益は、依頼の手数料。『登録冒険者の依頼達成の難易度に比例して、手数料は高く』なる。

駆け出し冒険者は、あまり難しい高額の依頼は達成できない。そのためギルドに入る手数料も少ない。

一方で高ランクの冒険者はかなり高難易度で、受注料金が高い依頼も達成可能。国家クラスの依頼では手数料だけでも莫大になる。

つまりギルドの収入的には、エリンとライルの二人組には、あまり期待はできないのだ。

マリーは報告書の続きを確認していく。

「えーと、その二人は早速依頼を受けてくれたのね。彼らへの依頼内容は、『《究極万能薬《エリクサー》》の素材を獲得する』か。これなら初心者向けの依頼……えっ!?　なにこれ!?」

依頼内容を確認して、マリーは口からお茶をブー！と噴きだす。いったい何に驚いたのだろう？

「フィ、フィンさん、この『《究極万能薬《エリクサー》》の素材を獲得する』って、どこから受注してきたんですか!?」

「それはバリン草と同じく《ヤハギン薬店》からです」

「えっ、《ヤハギン薬店》!?　あそこって王都でも有数の店じゃないですか!?　あんな大きな店から、どうやって、こんな高額の依頼を取れたの!?　い、いや、それは百歩譲って、フィンさんだから。それ以上に大問題なのは、初心者に《究極万能薬《エリクサー》》の素材は不可能でしょう!?　あの《火炎巨大竜《レッド・ドラゴン》》を倒さないといけないのよ!?」

興奮しているが、マリーが言っていることは間違っていない。《究極万能薬《エリクサー》》の素材を手に入れるには、《火炎巨大竜《レッド・ドラゴン》》という名前の魔物を倒す必要があるのだ。

だが彼女には勘違いしている部分もある。年長者として訂正をしておかないとな。

「失礼ですが、オーナー。私の認識では『《火炎巨大竜《レッド・ドラゴン》》討伐は駆け出しの冒険者でも可能』だと思います。ですからライルたちに依頼しました」

「いやいやいや……フィンさん、何を言っているのよ!?　あの《火炎巨大竜《レッド・ドラゴン》》よ！　ランクAの冒険者パーティーでも危険な、あの《魔物ランクA》の存在なのよ！　駆け出し冒険者二人だけで倒すことはもちろん、生息地の北の火炎山脈への到達すら不可能でしょ!?」

マリーは更に興奮する。彼女は経営者として経験は浅いが、魔物の知識はあるのだろう。今回の依頼が達成不可能だと叫んでいる。

「それはですね、オーナー……ん？」

自分の実体験で、丁寧に説明をしようとした時だった。ギルド前に人の気配がする。

これは……知っている人物の気配だ。

「ただいまー、フィンさん！」

ギルドに入ってきたのは、噂をしていた二人組。駆け出し剣士ライルと見習い神官エリンだ。

二人とも表情は明るく、手には何か袋を持っている。

「オーナー。彼らが例の新規登録者の二人です」

「え……？　こんなに早く戻ってきたということは、やっぱり途中で挫折してきたのね。依頼の失敗は悲しいけど、彼らが死ななかっただけでも、良しとしないとね……」

「その袋の様子だと、無事に任務完了ですか？」

「はい。フィンさんの言っていたとおり、簡単な任務でした。これが魔物の素材です」

持っていた袋から、ライルは真っ赤な〝魔石〟を取り出す。〝魔石〟は魔物や魔獣を倒した時に、手に入る素材。強い魔物ほど高額で取引される。

ライルが取り出したのは、特徴がある真紅の魔石。これは《火炎巨大竜《レッド・ドラゴン》》を倒した時にだけ手に入る魔石で、《究極万能薬《エリクサー》》の素材となるものだ。

「ん？　え……ちょ、ちょっと待って……そ、その魔石って、もしかして辞典に載っている《火炎巨大竜《レッド・ドラゴン》》の……!?」

初めて目にする真紅の魔石に、マリーは言葉を失っている。おそるおそるライルに近づき確認していた。

「ラ、ライルさん、どうやって、その魔石の入手を？　そもそも、どうやって北の火炎山脈に行ったんですか⁉」

「えーと、ボクたちはまずは今朝、フィンさんの地図に従って、北の門から出発しました。そうしたら〝不思議な感じ〟になって、気がついたら、魔物がいる場所に到着したんです！」

ライルが言っている〝不思議な感じ〟とは、オレが昨夜のうちに設置しておいた特殊な支援魔法のことだろう。ライルとエリンが通過した時だけ、二人を火炎山脈に転移するように、準備しておいたのだ。

ライルの話を隣のエリンが補足していく。

「そうそう。そこにいたのは見たことがない竜タイプの魔物だったけど、こんなに小さくかなり弱かったから、二人でなんとか倒せたのよね！　フィンさんの言う通り、簡単な依頼だったわ！」

エリンが言っているように、《火炎巨大竜《レッド・ドラゴン》》が小さく弱かったのも、オレの支援魔法の影響。昨夜の内に《火炎巨大竜《レッド・ドラゴン》》の一匹を魔法で弱体化。この二人だけでも倒せるくらいに準備しておいたのだ。

それ以外にも数々の準備をしておき、転移先には結界を展開しておいた。おかげで二人は安全で、弱体化された《火炎巨大竜《レッド・ドラゴン》》を討伐できたのだ。

あと念のために二人の全身に、こっそり支援魔法もかけておいた。普通サイズの魔物が相手でも、絶対に勝てるような強化魔法だ。

「地図のお蔭でなぜか帰りも一瞬だったから、楽な依頼でした。本当にありがとうございます、フィンさん」

ライルが喜んでいるように、帰りの分も転移魔法で事前に準備しておいた。だから今日の朝六時くらいに出発した二人が、この時間に王都に帰還してこられたのだ。

本当はここまで支援することは、ギルド職員として少しやり過ぎかもしれない。今回は人数の調整を忘れていた、オレの依頼ミス。それに当人にはバレていないので問題はないだろう。

「え……ちょっ待って？　説明を聞けば聞くほど、混乱してきたんだけど？　あ、あの《火炎巨大竜《レッド・ドラゴン》》を新人冒険者二人だけで倒した？　しかも、たった数時間で任務を完了して、はるか遠い火炎山脈から帰還してきた？　えっ？　えっ？　考えれば考えるほど、意味がわからないんですけど!?」

マリーは先ほどから頭を抱えながらうなっている。これは落ち着くまで少し放っておこう。

その間、ライルたちの事後処理を行うことにした。

「うちのオーナーが失礼しました。さて、ライルさん。この魔石は間違いなく本物です。お疲れ様でした」

「ありがとうございます、フィンさん。このあとの流れは、この素材を買い取ってもらい、依頼は完了ですか？」

「はい、そうです。鑑定しましたが間違いなく本物です。それでは当ギルドで買い取りをしま……

ん？」

その時だった。オレは〝ある可能性〟に気がつく。

このままでは依頼の処理ができない。放心状態のマリーに、こっそりと確認する。

「オーナー、忙しいところ申し訳ありません。ウチのギルドの金庫には依頼報酬金の1，000万ペリカはありますか？」

「えっ？　はっ？　い、1，000万ペリカなんて大金、ウチにあるわけがないじゃないですか……何の冗談を言っているですか、フィンさん。はっはっは……」

放心状態のままマリーは、乾いた笑い声で答えてきた。廃業寸前の冒険者ギルドに、1，000万ペリカという大金は無いとのことだ。

くっ……やはり、そうだったか。

これは間違いなくオレの確認ミス。事前にマリーに金庫内のことを聞いておくべきだったのだ。

（1，000万ペリカの支払金がない……か）

さて、これは本当に困ったぞ。

冒険者ギルドでは『素材を換金する場合、必ずその場で支払う』必要がある。後日の支払いは詐欺の危険性もあるので、冒険者ギルド協会から禁止されていたのだ。

つまり、このままではライルたちに依頼金を渡せない。どうしたものか？

（ああ、そうか）

あるアイデアを思いついた。だが実行するために、少しだけ時間を稼ぐ必要がある。

「すみません、ライルさん。換金は午後でもいいですか？　〝銀行〟に行って、依頼金を準備してきます」

「はい、もちろん大丈夫です。ボクらも一度、宿に戻りたかったので、逆に有り難いです！」

支払いは午後にしてもらえた。

ライルとエリンはギルドを立ち去っていく。残ったのは放心状態のマリーとオレだけだ。

「申し訳ありません、オーナー。少しだけ外回りに行ってきます」

「えっ？　はい？　よくわからないけど、お願いします」

オーナーの許可を無事に得られた。準備をしてギルドを後にする。

「さて、急いで用意してくるか」

こうして支払金を用意するため、オレは再び火炎山脈に向かうのであった。

◇　◇　◇

それから少し時間が経ち、昼の時間となる。

オレは〝全ての用事〟を済ませてギルドに戻ってきた。

「こんにちは、フィンさん！」

ちょうどナイスタイミングでライルとエリンが、またギルドに来てくれた。受付カウンターに案内する。

「お待たせしました、二人とも。こちらが依頼の報酬です」

午前中の約束通り、依頼の報酬金1，000万ペリカを支払う。ライルに受領サインもしてもらい、二人の冒険者カードに記録。これで今回の依頼はすべて終了したことになる。

任務を終えて二人はギルドカウンターで、もう一度報酬金を確認していた。

「ねぇ、ライル。今さらなんだけど、この大きくて白銀色の硬貨、初めて見るよね？　王都での流行りの硬貨かしら？」

「きっと、そうだよ、エリン。どうやって使うのかな、これ？」

今回の報酬は100万ペリカ硬貨を十枚で支払っていた。

100万ペリカ硬貨は複製を防ぐために、特別な魔道白銀製。王都の市場《バザール》でも流通していない特殊な通貨だ。

田舎から出てきた二人は、初めて目にする硬貨なのだろう。かなり不安そうな顔をしている。

これはギルド職員として見過ごせない。

「良かったら、使いやすい硬貨に両替しておきますか？　あと余剰金として預かることが可能ですが？」

職員として提案したのは、使いやすい硬貨に両替をすること。あと貯金のサービスの提案だ。

何しろ1，000万ペリカは駆け出し冒険者には大金すぎる。こうした余剰金を預かるサービスも、冒険者ギルドにはあるのだ。

「えっ、いいんですか!?　それなら、お願いします、フィンさん。よくわからないんで、全部お任せします！」

ライルたちの了承は得られた。１，０００万ペリカを預かり、一部を通常硬貨に両替することにした。

まずは７００万ペリカをギルドの金庫に保管して、冒険者カードに記録。残りの３００万ペリカを細かく両替して、二人に返すことにした。

「おお、これはいつも見ている大陸共通硬貨だね。でも１０００ペリカって、こんなに多いのか？　まっ、いっか。ありがとうございます、フィンさん！」

「ねぇ、ライル。収入があったんだから、武具屋にいかない？　冒険者らしく、もう少し装備を整えましょう！」

「そうだね。でも、どこで買えばいいんだろう？」

たしかに田舎から出てきたばかりの二人は、性能に心もとない装備をしていた。

「もしもよかったら、こちらの武具屋がオススメです。駆け出し冒険者でも、足元を見られる心配はない良心的な店です」

新人冒険者に良心的な武具屋を教えるのもギルド職員の務め。王都内でもオススメの武具屋の地図を描いて渡す。

「ありがとうございます、フィンさん！　細かい心づかい本当に助かります。それじゃ、また明日にでも依頼を見にきます！」

「それじゃ、フィンさん！」

地図を手にしてライルとエリンは、元気よくギルドを出ていく。初めての依頼を達成して、二人の足取りは軽い。楽しそうな笑い声が、外に出ても聞こえていた。

「相変わらず、いい光景だな」

そんな未来ある若い二人の背中を見送り、オレはなんともいえない達成感に包まれる。一介の職員にすぎない自分は、彼らのように冒険をすることはできない。

だがギルド職員として手助けることによって、同じくらいの達成感と満足感、高揚感に包まれるのだ。

ここだけの話、冒険者ギルド職員は薄給で、待遇もあまり良くない。だが、こうした達成感があるから、人によってはやりがいがある。特に冒険者を支援するのが好きなオレにとって、まさに天職とも言える最高の仕事なのだ。

「さて、若いエネルギーを貰ったところで、今日も頑張るとするか……ん？　どうしましたか、オーナー？」

そんな時だった。ギルドの奥から強烈な視線を感じる。オレのことをじっと見つめていた銀髪の少女……オーナーのマリーの視線だ。

実は少し前から気が付いていたのだが、接客中なので後回しにしていた。

「い、いえ、なんでも、ありません。よくわからないことだらけなので、もはや自分でも何が疑問なのかわかりません。でも、一つだけ確認したいです。フィンさんが先ほど支払った、〝あの1,000万ペリカの大金〟は、どこから持ってきたのですか？　もしかしてフィンさんは物凄い資産家だったんですか!?」

全てを諦めたような顔でマリーは訊ねてきた。内容は先ほどの支払い金に関していた。

なるほど、そのことか。

「報告が遅れました、オーナー。実は《究極万能薬《エリクサー》》の素材と《寿命延長薬《マナ・エーテル》》の素材を、先ほどの外出中に入手してきました。その後に《ヤハギン薬店》で3,000万ペリカに換金。その内の1,000万ペリカを彼らの報酬にしました」

支払金を準備できたからくりは単純だ。

昨日、《ヤハギン薬店》で受注してきた仕事は、『《究極万能薬《エリクサー》》と《寿命延長薬《マナ・エーテル》》の素材を、それぞれ1,500万ペリカで買い取る』だった。

だから今回オレは自分で素材を先に入手。先に《ヤハギン薬店》で換金してから、ギルドの支払い分に回したのだ。

正直なところ、この換金方法は違法ではないが、グレーな方法。だが今回はボロン冒険者ギルドの運営資金が足りなかったために、苦肉の策として内密に行ったマネージメントなのだ。

「なるほど、そういうことだったんですね……ん？　えっ？　で、でも、それって、つまり《火炎巨大竜《レッド・ドラゴン》》と、《寿命延長薬《マナ・エーテル》》の素材となる《極楽不死鳥《バーニング・フエニックス》》の二匹の超強力な魔物を、フィンさんが一人で倒して、一瞬で戻ってきた……ということですか？」

「はい、そうです。さすがオーナー。博学ですね」

《寿命延長薬《マナ・エーテル》》の素材になるのは、南の灼熱草原に巣くう《極楽不死鳥《バーニング・フエニックス》》。再生能力がある大きめな鳥型の魔物だ。

オレは午前中の外出で《火炎巨大竜《レッド・ドラゴン》》と《極楽不死鳥《バーニング・フェニックス》》、その二匹の魔物から素材を獲得してきたのだ。

「あっ、あっ、あっ……なるほど、そういうことだったんですね……あの《火炎巨大竜《レッド・ドラゴン》》と《極楽不死鳥《バーニング・フェニックス》》を瞬殺して、瞬時に帰還したのですか……ああ、何という規格外の人を、私は雇ったったんだろう……はっはっは……えっへっへ……」

何やらマリーは言葉を失いながら、変な笑い声を上げている。まるで『信じられない事実を聞いて、おかしくなりそうになる自分から、心を殺すことで必死に現実逃避している』ような様子だ。

「あと、オーナー。こちらが残りの2，000万ペリカです。今後のボロン冒険者ギルドの運営資金となります」

オーナーの机の上に、2，000万ペリカが入った袋を置く。

これは《ヤハギン薬店》で換金してきた3，000万ペリカから、先ほどのライルたちへの1，000万ペリカを差し引いた部分。厳密には少し違うが、これが今回のボロン冒険者ギルドの手数料収入となるのだ。

「に、にせんまん!?　あ――――！　ほ、本当に2，000万が入っているわ!?」

中身を確認して、マリーの様子が一変。先ほどのまでの放心状態は、どこへやら。100万ペリカ硬貨を数えながら、今までないくらいに目を輝かせていた。

「あと、今回は事後報告になって、まことに申し訳ありませんでした。今後はオーナーに相談をしてから行動するようします」

「い、いえ、相談されても心の臓に悪いので……今後もフィンさんに一任します！　法に触れなければ好きにやってください。わたしはギルド再建のお金さえ入ってくれれば、問題ありません！」

驚いたことにマリーは、オレの勝手な行動を容認。それればかりか今後の経営改革の全ての権限を、オレに与えてくれたのだ。

（もしや、この人はオレが思っている以上に〝大物〟なのかもしれないな……）

オーナーとして経験は浅いが、こういった器量の大きさは才能の一つ。オレの中でのマリーに対する評価が、更に上がった瞬間だった。

「うっへっへ……あっへっへ……」

だが彼女は2，000万ペリカを確認しながら、変な笑みを浮かべていた。

今の内に、今後の経営改革についても確認しておこう。

「確認ですがオーナー。そのお金はどうするつもりですか？」

「えっ⁉　も、もちろん、ネコババなんてしないわよ⁉　ギルドの金庫に入れて、使わずにちゃんと保管しておくんだから！」

慌てた様子でマリーは説明をしてきた。無駄使いをしないで、2，000万ペリカは大事に保管をしておくという。

「なるほど、そうでしたか。ですがギルドを立て直すために、そのお金の一部を使うべきです」

「えっ？　使う⁉　せっかく貯まったのに⁉　どういう意味ですか、フィンさん⁉」

100

「それなら一緒に来てください。そのお金の適切な使い方を説明します」

「えっ、フィンさん!?　待ってください!?　店番は!?」

「依頼は無くなったので、留守番をしても意味はありません。張り紙をして、勉強のために外出します」

《ヤハギン薬店》から受注してきたのは、バリン草採取と《究極万能薬《エリクサー》》《寿命延長薬《マナ・エーテル》》の素材採取の三件だけで、今は他の依頼はない。

出せる依頼が皆無ということは、新たなる冒険者がやってきても意味はない。だから今はもっと大事なことをしないといけないのだ。

「また準備をしていきましょう」

ギルドの入り口に鍵をかけて、『外出中。夕方前には戻ってきます』と書いた張り紙をしておく。

これで来訪者が来ても、なんとかなるだろう。

「さて、オーナー。冒険者ギルド協会にいきましょう」

「えっ？　協会に　どうしてですか、フィンさん!?」

「あとで説明します」

こうして2，000万ペリカを有効に使うため、オレたちは冒険者ギルド協会に向かうのであった。

三章　冒険者ギルド協会

「うっ……冒険者ギルド協会。ここは相変わらず豪華ですね」

マリーが声をもらすのも無理はない。協会は王都の中央区画にある、五階建ての立派な建物。周囲の公共の建物に比べても、かなり金がかかっている。

「でも、どうして、こんなに豪華なんでしょうね、ここは？」

三ヶ月前に家業を引き継いだばかりのマリーは、協会を訪れるのは二度目だという。そのため協会の金回りの良さが気になるのだろう。

「オーナーが思っている以上に、実は冒険者ギルドはお金が集まる業界なんですよ」

迷宮や秘境に魔物が多く生息するこの大陸では、冒険者職は人気が高い。

宝や素材、魔石による一攫千金の可能性もあり、若者たちがこぞって冒険者になりたがるのだ。

そのため人口約二十万の王都にも、約数千人の冒険者が住んでいると言われている。それに関連する店で武具屋やポーション屋、冒険者向けの宿屋、酒場や食事屋なども無数にある。

百近く存在する冒険者ギルドの多額の金が冒険者ギルド協会に集まり、建物がここまで豪華になる、というわけだ。

「そ、そうだったんですか!? この業界はそんなにお金が動いていたんですね。はぁ……もしかして貧乏なのは、ウチだけだったのかな……」

「安心してください、貧乏な冒険者ギルドは他にもあります。でも協会だけは昔から安定していますが。さて、中に入りますか」

今回の目的は、冒険者ギルド協会への挨拶。立派な協会の収入源、その一端をあえて狙いにきたのだ。

「ちょ、ちょっと、待ってください。フィンさん!」

躊躇《ちゅうちょ》するマリーを先導するようにして、正面入り口から建物に入っていく。

一階の受付で、ボロン冒険者ギルドのギルドカードを見せて、担当者に取り次いでもらう。

「……こちらでお待ちください」

協会の女性職員に案内されて、事務室の奥の椅子に案内される。周囲には壁はなく、かなり簡易型な応接の場所だ。

前に来た時の記憶では、奥にちゃんとした応接室があるはず。おそらくはランクFの冒険者ギルドなので、こんな粗末な応接場所に案内されたのだろう。既に格下の対応をされているのだ。

「フィ、フィンさん。緊張するんですけど。何をしに来たか、そろそろ教えてくださいよ」

協会の雰囲気は独特で重い。慣れていないマリーは周囲をきょろきょろしながら緊張していた。

担当者が来るまで、今回の目的を少しだけ説明しておこう。

「では説明します。オーナーに質問しますが、どうして協会にはここまでお金があると思いますか？」

「えっ、いきなりですね⁉　えーと、私たちから毎月、協会の会員費用を集めている……から？」

各冒険者ギルドは毎月、協会に会費を上納している。上納金を払えないと、冒険者ギルドとして仕事をする許可が取り消されてしまうのだ。

「半分だけ正解ですね。たしかに王都には百近い冒険者ギルドがあります。それでも毎月の会費を掛け算しても、これだけの大きな建物は維持できないですよね？」

「あっ……そういえば⁉　だったら、どうやって、こんな金持ち商館みたいなのを⁉」

「それは簡単です。冒険者ギルド協会は〝公共依頼〟を受けて、その膨大な手数料で運営されているのです」

〝公共依頼〟は公の組織から依頼される大きな仕事のこと。代表的な取引相手は王家や聖教会、商工ギルド、職人ギルド、魔術師ギルドなどだ。

公の組織からの公共依頼は、必ず冒険者ギルド協会を通す決まりとなっている。その後は協会から各冒険者ギルドに仕事を配分。その時に協会は多額の手数料を取るため、協会は潤沢に運営されているのだ。

「そ、そうだったんですか⁉　でも、それって手数料の取り過ぎじゃないですか⁉　こんな大きな建物を作れるくらいの手数料だなんて⁉　どうして公共依頼は、協会を通さないといけなんですか？」

「その疑問はもっともです。ですが協会がなければ、百近い各ギルドへの〝公共依頼〟は手間となります。つまり手数料を払ってでも、協会を通した方がお得なんです」

団体や組織が多くなればなるほど管理は難しくなる。特に冒険者という荒くれ者を、管理できるのは冒険者ギルドだけ。またその冒険者ギルドを管理できるのは協会だけ。

つまり大きな公共依頼は、協会を通す方が効率が良いのだ。

「なるほど、そう仕組みだったんですね。ん？　でも、そのことと今回ここに来た理由は、どういう関係が？」

「いい質問です。ちなみにオーナーになってから、一度でも〝公共依頼〟が協会からきたことはありますか？」

「い、いいえ、ないわ。うちはギルドランクFだから……だと思って諦めていたわ」

「それはオーナーの認識不足です。あの張り紙を見てください。ランクFやEの冒険者ギルドでも、〝公共依頼〟を受注しているでしょ？」

協会の事務所には、色んな張り紙があった。『城壁の警備依頼、○○冒険者ギルド達成！』『聖教会の地下の魔物駆除、▽▽冒険者ギルド達成！』などと書かれている。

協会の公共性をアピールするため、わざわざ目立つ場所に張り出しているのだ。

「えっ、本当だ!?　うちとほとんど変わらないギルドランクなのに、〝公共依頼〟を受けている所がある!?　どうして!?」

マリーは目を丸くしていた。彼女は冒険者ギルド経営者の孫娘だが、こうした裏の事情は聞かされてこなかったのだろう。何が起きているのか理解できずにいた。

「その答えはですね、オーナー……ん？」

説明をしようとした時だった。誰かがこちらに近づいてくる。

あの男性は前職の時に見たことがある人物。協会の職員で、総合的な仕事をする事務局長だ。

「……お待たせしました。ボロン冒険者ギルドさん、でしたか？　まだ潰れていなかったんですね、あそこは。ああ、失礼しました。さて、いったい何の用ですか？　私も忙しいので手短にお願いしますよ。はぁ……」

事務局長はいきなり悪態をついてきた。ため息をつきながら、面倒くさそうな態度。明らかにランクFの当方を、舐めてきた口調と態度だ。

「フィ、フィンさん……やっぱり帰りましょうよ……」

「大丈夫です、オーナー。ここはオレに任せてください」

尻込みしているマリーに変わって、オレが交渉係となる。応接テーブルに事務局長と向かい合って座る。

「さて、〝ボロン〟さん、ですかな。今日はどういう用件ですか？」

「本日はお忙しいところありがとうございます。実は先代から、こちらのオーナーのマリーが引き継いでから、ちゃんと事務局様にご挨拶をしていないと聞いて、本日は正式にご挨拶に参りました。あっ、わたくしは事務員のフィンと申します」

相手は横暴そうな事務局長。だからこそオレは腰を低くして、丁寧な言葉で挨拶をする。商売の基本だ。

「ん？　そっちのお嬢ちゃんの方がオーナーだったのか？　受付嬢だと勘違いしていたよ!?　はっはっは……こいつは傑作だ！」

何がおかしいのか事務局長は、マリーのことを見ながら下品な笑い声を上げる。

大げさすぎる笑い声に反応して、事務室にいた他の職員もマリーの方を見てくる。小さな彼女の身に職員たちの蔑むような視線が集まる。

「ねぇ、今の聞いた？　あんな頼りない子がギルドマスターだって!?　いったい、どこのギルドだ？」

「なんでもボロン冒険者ギルドらしいぞ。あそこも終わりだな、あんな頼りない子が経営者なら……」

「まったくそうだな。これで弱小ギルドが潰れてくれたら、うちらの仕事も減るんだがな……」

マリーに対する悪口を、事務員たちは口にしている。冒険者ギルド協会は閉ざされた世界であり、事務員たちも閉鎖的な思考の人間が多いのだ。

「うっ……」

マリーには会話の内容は聞こえていないが、負の視線を感じたのだろう。肩をすくめて、かなり居心地が悪そうだ。

（男尊女卑の業界……か）

たしかにマリーは少女で経営者として経験も浅い。だが冒険者ギルドの再建に対する彼女の熱意は本物だ。さらに新入職員であるオレに、経営改革の全権を委ねる大胆さもある。

（相変わらず協会は視野の狭い世界だな）

未来ある上司を貶《けな》されて、オレは感情が少し乱れてしまう。

「……お忙しいところ申し訳ありません。未熟なオーナーであることも事実です。ですから今回は偉大なる協会様にお力を貸して欲しくて、ご挨拶に参りました」

だがオレは心を鬼にして、横柄な事務局長に尽力を頼む。ビジネスの場では相手の挑発に乗った方が負けなのだ。

「ほほう……ウチの力を借りたいだって？　悪くない態度だな。それなら〝協賛寄付金〟の方は、ちゃんと用意してあるんだろうな？」

オレが屈したと思い込んで、事務局長は少しだけ気分を良くする。小声で寄付金に話をもってきた。

これはオレの読み通りの展開。さっそく本題に進んでいく。

「はい、もちろんです。今日は５００万ほど用意してきました」

「おお、そうか。５００万か!?　それは話が早いな。それなら少し、ここで待っていろ。鑑定の魔道具を持ってくる」

オレの提示した金額を聞いて、事務局長は笑顔で席を離れていく。硬貨の鑑定の魔道具を取りに行ったのだろう。

「フィンさん、よくあんな人と、まともに話ができますね。ところで〝協賛寄付金〟ってなんですか？」

事務局長がいなくなり、マリーは少しだけ元気を取り戻したようだ。質問に小声で答える。

「協賛金は各ギルドから、協会に寄付するお金のことです。協賛金が多い支部ほど、〝公共依頼〟を協会から回してもらえます」

「えっ……!? もしかして、あの張り出されている支部は？」

「はい、そうです。ランクは低いけど協賛金が多いから、公共依頼を受けられているんです」

本来、公共依頼は公平に各ギルドに振り分けられないといけない。

だが公共依頼は魔物の襲来撃退など、どうしても早急に対応が必要な内容が多い。そのために協賛金の多さによる各ギルドへ振り分けが、暗黙のルールとなっていたのだ。

「で、でも、それって賄賂《わいろ》と一緒じゃ!?」

「そうですね。あまり褒められた制度ではありません。抜け道も多く、あの事務局長も協賛金の一割くらいは、横領しているんでしょうね、たぶん」

協会事務局長の給料など、たかが知れている。だが事務局長の身なりは、かなり良かった。

つまり協賛金の受領額を誤魔化して上に報告し、横領しているのだろう。

「そ、そんな!? せっかくの協賛金を横領!? ギルドのお金は元々、色んな冒険者の人たちが、命懸けで稼いできたお金なのに!? みんなが一生懸命に頑張ってきたのを、あんな腹黒い奴に……」

協会の裏の話を聞いて、マリーは悔しそうにしていた。

ギルド再建に命をかける彼女は、たしかにお金に執着はしている。だが冒険者ギルドの経営者の孫娘として、幼い頃から冒険者たちと接してきたのだろう。

だからこそ冒険者たちに対して、マリーはかなりの敬意を払っている。そのため横領が横行している協会の仕組みに、彼女は怒りを覚えているのだ。

(これだと彼女は〝経営者として〟は失格だな……)

正直なところギルド経営者たるもの、感情に左右されてはいけない。なぜなら冒険者たちは海千山千の曲者ばかり。依頼人も王国貴族や多種ギルドのクセ者たち。

そんな相手に負けないように経営者は、いちいち感情に左右されずに、大局を見て経営判断をする必要があるのだ。

(だが、自分の上司として悪くないな。まぁ、共感するオレも、甘いということか)

マリーと同じように、今のオレも憤っていた。自分が憧れていた冒険者を、金儲けの手段としか考えていない事務局長に何とも言えない怒りが、沸々と湧いてきたのだ。

「いやー、待たせたな、ボロンさん。さて、協賛金の鑑定タイムといこうじゃないか！」

そんな時、嫌らしい笑みを浮かべて、当人が戻ってきた。持ってきた魔道具を、応接テーブルの上に置く。100万ペリカ硬貨などの特別な魔道白銀を、鑑定する魔道具だ。

オレたちの献上する協賛金を、これで本物かどうか確かめるのであろう。

「ぐっふっふっ……久しぶりの500万ペリカの協賛金か……100万くらい抜いても良さそうだな……」

そして極めて小さな声で独り言を口にしている。聞こえていないつもりだろうが、地獄耳なオレにははっきりと聞こえていた。

「さて、ボロンさん。協賛金をこの上に出してくれたまえ。ん？　その袋の中に入っているのか？遠慮はいらんぞ！　ガッハッハ……！」

もうすぐ自分の懐に横領金１００万ペリカが入る。事務局長は下卑た笑みを綻ばせていた。はっきり言って最悪な相手だ。

「……それではこちらを……」

だがオレは心を鬼にして返事をする。ボロン冒険者ギルドが公共依頼を受けるためには、どうしても協会の力が必要なのだ。

自分の荷物袋の中に手を入れて、５００万ペリカ硬貨を探す。といっても袋の中には、金は一ペリカも入っていない。探しているのは、オレ自身の【収納】の中だ。

（ふう……こんな奴に、大事な金を渡すのか……）

（いや、ここは事務員として冷静に対処をしよう。５００万ペリカを探さなくては。ライルたちが《火炎巨大竜《レッド・ドラゴン》》を倒してくれたお蔭で、当ギルドが入手できたお金を……ん？　これだな、よし）

考え事をしながらも【収納】の中から、目的の物の手応えを見つけた。よっと、引っ張り出すが……ん？

何かが引っかかっているのか、手応えを感じた。

えい！

――――そう思い切り引っ張った、次の瞬間だった。

シュ、ド――――ツン！

「い、てて、今のは、いったい？　ん!?　ひっ、ひっ――――!?」

衝撃で椅子から転がり落ちた事務局長は、起き上がった瞬間、情けない悲鳴をあげる。出現したモノを見て、腰を抜かしていたのだ。

「ひっ、こ、これはドラゴン!?　しかも《火炎巨大竜《レッド・ドラゴン》》の頭ぁあ!?」

《火炎巨大竜《レッド・ドラゴン》》の巨大な頭が机を押し潰していた。頭部分だけなので既に生きてはいない。

だが《火炎巨大竜《レッド・ドラゴン》》の頭は尋常ではない大きさで迫力満点。突然の竜頭の出現に、事務局長はまだ生きていると混乱して腰を抜かしていたのだ。

「だ、だ、だれか、助けて！　冒険者に救援の要請を……ひっ……命だけはお助けを！」

腰を抜かしながら、事務局長は逃げ出す。ぶざまに這いつくばりながら、命乞いをしていた。

「ど、どうした!?　魔族の襲来か!?」

「ひっ!?　ド、ドラゴンだと!?　急いでAランク冒険者に救援の要請を！」

「上にいる理事たちに連絡を！」

協会の事務員たちも、《火炎巨大竜《レッド・ドラゴン》》に気が付き、事務室は大変な騒ぎになってしまう。

これは困ったぞ。さて、どう収拾したものか？

【収納】から出したと説明するか。いや、それは愚策かもしれない。

なぜなら【収納】の技はあまり一般的ではなく、前に説明した時は誰も理解してくれなかったのだ。

「さて、どうしたものか？」

当事者であるオレは対処に悩む。

このまま《火炎巨大竜《レッド・ドラゴン》》の頭を再び【収納】してしまうことは簡単。だが、いきなり消したら、更に混乱が大きくなるだろう。

「フィ、フィンさん!? これって、《火炎巨大竜《レッド・ドラゴン》》の頭……でも、死んでいますよね!?」

隣にいたマリーは冷静を保っていた。突然出現した巨大な魔物の頭部を、冷静に観察している。いつもは変な挙動が多いが、こういった土壇場での胆力はなかなかのモノだ。

「で、でも、どうして、《火炎巨大竜《レッド・ドラゴン》》の頭部が、いきなり?」

「すみません、オーナー。これはオレの仕業《しわざ》です……間違いなく」

「えっ、フィンさんの!?」

「はい。うっかりよけいな考え事をして【収納】から出してしまいました」

正直なところ事務局長に嫌悪感を抱きながら、先ほどは【収納】を発動してしまった。しかも『ライルたちが《火炎巨大竜《レッド・ドラゴン》》を倒してくれたお蔭で』と余計なことまで思考していた。

そのため【収納】に入れておいた《火炎巨大竜《レッド・ドラゴン》》の死体。オレが倒した方の個体を、無意識のうちに引っ張り出してしまったのだ。

「そ、そうだったんですね。こんなことが可能なのはフィンさんだけ、とは思っていたけど。ところで、この状況はどうするんですか?」

「そうですね。どうしましょう」

マリーと二人で落としどころを探す。今、協会の事務室は大変な騒ぎになっている。魔族や邪竜の襲来かと、色んな悲鳴が飛んでいる。

更に冒険者ギルドへの救難信号も出されていた。早く収拾しないと、更に大ごとになりそうだ。

「ん？　これは……」

その時、〝強めの気配〟が接近してくる。この人物の気配に覚えがあった。

「おい！　なんの騒ぎだ!?　ん？　《火炎巨大竜《レッド・ドラゴン》》の頭部じゃないか？」

地鳴りのような怒声と共に、やってきたのは巨漢の男性。筋肉隆々で熊のような強面《こわもて》の戦士だ。

（副理事長ゼノス……）

この強面の戦士の名はゼノス。冒険者ギルド協会の副理事長であり、元高ランクの腕利き冒険者だった男だ。

「ゼ、ゼノス副理事長!?　た、助けてください！　《火炎巨大竜《レッド・ドラゴン》》が襲撃してきました！」

頼もしい上司の登場に、事務局長は這いつくばって助けを求めていく。

「おいおい、『助けてください』だと？　お前らしっかりしろ！　その《火炎巨大竜《レッド・ドラゴン》》は死骸だぞ！　死んでいる魔物は襲ってはこないぞ！」

怯えている事務局長を、ゼノスは一喝。

逃げ出そうとしている事務員たちにも、怒声を飛ばす。

「な、なんだ……死骸だったのか……よかった……」

「でも、どうして、あんな生の《火炎巨大竜《レッド・ドラゴン》》の頭部が!?」

「《収納袋》でも、あんな巨大な生物は不可能だぞ!?」

なんとか混乱は収まったが、まだ事態は収拾していない。誰も《火炎巨大竜《レッド・ドラゴン》》の頭部には近づいてこない。

唯一近づいてきたのは、元腕利き冒険者であるゼノスだけだ。

「ん？　もしかして、そこにいるのは、フィンか!?　珍しいな！　事務員のお前が、こんな場所にいるとはな!?」

「ご無沙汰しています、ゼノスさん」

向こうも気がついたので、こちらも挨拶を返す。ゼノスとはある事件が起きた時に、〝少しだけ支援〟してあげた関係。それ以来、オレのことを妙に買ってくれる相手だ。

「あー、なるほど、そういうことか！　この《火炎巨大竜《レッド・ドラゴン》》はお前の仕業か!?　相変わらずスゲー能力だな、フィン！　やっぱりお前は冒険者をやった方がいいぞ!?」

「いえいえ。オレにはそんな才能はないので、ギルド職員で手一杯です」

支援した時以来、ゼノスは何度も冒険者に誘ってくる。

だがオレは『高齢女性の師匠にも敵わない』くらい才能が無い男。《火炎巨大竜《レッド・ドラゴン》》程度の弱い魔物は駆除できても冒険者にはなれない。

だから毎回、ゼノスの誘いは断っていた。

「はっはっは……相変わらず面白い奴だな！　また、懲《こ》りずに誘うからな。ん？　ところで、事務員のお前が、こんな場所に？　そっちの銀髪の嬢ちゃんは彼女か？」

「いえ、違います。彼女はボロン冒険者ギルドの経営者のマリー。今のオレの上司で、今日は協賛金の寄付にきたんです。あと事務局長さんと色々ありまして……」

今回の事情をゼノスに説明する。ゼノスは筋肉隆々で脳ミソまで筋肉風だが、実は知略に長《た》けた冒険者ギルド協会の副理事長。

先ほどの事務局長の何倍も、頼りになる男なのだ。

「ほほう。そういうことだったのか」

「ゼ、ゼノス副理事長、その男の話に耳を貸してはいけません！　その《火炎巨大竜《レッド・ドラゴン》》の頭の襲撃は、おそらく、そのフィンという男の仕業です！　至急逮捕すべきですよ、副理事長！」

いきなり話に入ってきたのは事務局長。自分のことは棚に上げて、オレのことを糾弾してきた。

「フィンの仕業だと？　そんなことはとっくに認知しているぞ。何しろ獰猛《どうもう》な《火炎巨大竜《レッド・ドラゴン》》を、こんな風に首切りして持ち帰られるのは、大陸広しといえども、この男くらいだからな」

「へっ？　それはどういう意味ですか、副理事長？」

上司のまさかの反応に、事務局長は言葉を失っている。自分だけ蚊帳《かや》の外に置かれていることに、愚かなこの男は気が付いていないのだ。

「さて、と」

かなり気まずい雰囲気なので、オレたちはさっさと用件を済ませて帰るとしよう。呆気に取られている事務局長に近づいていく。

「先ほどは失礼しました、事務局長さん。こちらが協賛金の５００万ペリカです。あと『１００万くらい抜く』とか何とかおっしゃっていましたが、よかったら追加で１００万ペリカを渡しておきますか？」

今度こそ間違いなく【収納】から協賛金を取り出す。最初に提示した500万と、事務局長が口にしていた100万。併せて600万ペリカを手渡す。

「はぁ……そういうことか。おい、ババソン！　キサマ、横領するつもりだったのか!?」

「ひっ!?　副理事長!?　いえ、これは何かの間違いです!?　この男の狂言です！」

ババソンは事務局長の名なのだろう。上司ゼノスに怒鳴られて、小動物のように震えていた。

「いつも裏で何かコソコソやっていたキサマより、この男フィンは何十倍も信用がおける奴だ！

おい、衛兵、ババソンを連行しろ！　今回は未遂だが、きっと余罪があるはずだ。真偽の魔道具で取り調べをするぞ！」

ゼノスの指示で、協会の衛兵が飛んできた。必死に言い訳をしているババソン事務局長を、強制的に拘束する。

「と、取り調べ!?　ひっ!?　そ、それだけは許してください!?　お、お助けを――――！」

情けない声を出しながら、ババソンは連行されていく。おそらくは協会の地下にある取調室で、苛烈な尋問を受けるのであろう。自業自得だ。ご愁傷さまとかしか言えない。

「お仕事ご苦労様です、ゼノスさん。ところで、この協賛金はどうしましょう？」

「はん！　そんな金はお前からは受け取れねえ。だがボロン冒険者ギルドへ公共依頼を発注するように、オレ様から指示は出しておく。安心しろ」

「そうですか。それはありがとうございます」

よくわからないが公共依頼を受けられるように確約された。1ペリカも寄付はしていないが、副理事長であるゼノスが確約してくれたのだから、間違いはないだろう。

「さて、オーナー。ご覧の通り用事が済みました。ギルドに戻りましょう」

「――――はっ!?　あっ……はい。何が起きたかよくわからないけど、わかりました、フィンさん」

強面ゼノスの登場以来、マリーはずっと固まったままだった。だがオレの言葉で正気を取り戻し、帰宅の準備をする。こうした物事に動じないのは、やはり大物の素質があるな。

「ところで、フィンさん。この《火炎巨大竜《レッド・ドラゴン》》の頭と、壊したテーブルと床は、どうするんですか？」

「あっ、そうでしたね。ちゃんと〝戻して〟おきます。えーと、【収納】！【概念逆行《タイム・リープ》】！」

《火炎巨大竜《レッド・ドラゴン》》は【収納】に戻しておく。あと壊してしまった備品は、全て【概念逆行《タイム・リープ》】で完全復旧しておく。

これで事務室の騒動は、何事もなかった前に戻っていた。

「えっ？　えっ？　い、一瞬で、元に戻った？　えっ？　どういうこと、フィンさん!?」

「ガッハッハ……あまり気にしない方がいいぞ、嬢ちゃん！　その男は普通じゃないからな！　気にした方が負け。ヤバイ奴を雇ったと思って、早めに諦めな！」

「はっはっは……そうですよね、やっぱり。ふう……」

ゼノスと何やら話をして、マリーは深いため息をついている。

一介の職員であるオレは、彼女の内心までは踏み込めない。そっとしておこう。

「また、気軽に遊びに来いよ、フィン！　あと、やり過ぎて王都を壊すなよ！　ガッハッハ……！」

「はい、肝に命じておきます、ゼノスさん。では、オーナー。ギルドに戻りましょう。公共依頼も増える見込みができたので、これから忙しくなりますよ」

「そ、そうですね。公共依頼も獲得できたんだし、前向きに頑張っていきましょう！」

こうして公共依頼受注の目的は、無事に達成された。次なる問題解決に向けて、オレたちは軽い足取りでギルドに戻るのであった。

閑話　大手冒険者ギルドの衰退①

リッパー冒険者ギルド。

ここ二年の躍進で、王都でも有数の成長した冒険者ギルドだ。

冒険者ギルドランクも今や〝ランクB〟で、経営者リッパーは飛ぶ鳥を落とす勢いを自負していた。

だが、そんなリッパー冒険者ギルドに、ここ数日間、立て続けに不幸が続いていた。

まず起きたのは有力な冒険者の脱退だ。

「な、なんだって!?　あの《大賢者》様と《剣聖》様が、ウチから抜けた、だと!?」

部下から報告を聞いで、リッパーは事務室で悲鳴を上げる。なぜなら《大賢者》エレーナ＝アバロンと《剣聖》ガラハッド＝ソーザス卿は、リッパー冒険者ギルドの唯一のSランク冒険者の二人。

いや……彼らは王都でも二人しかいないSランク冒険者なのだ。

二人が抜けたことによって、リッパー冒険者ギルドの収入の五割以上が減る見込みとなる。

「ど、どうして、あの二人を引き留められなかったのだ!?」

「申し訳ありません、リッパー様。必死で引き留めたのですが、二人とも『フィンがいなくなったのなら移る』と言って……」

「な、なんじゃと!? それは、どういう意味だ!?」

追放した無能者の名前が出てきて、リッパーは混乱してしまう。なぜ特別Sランクの二人が、ただの事務員を移籍の理由に出してきたのだ？

ん……？ たしかに今思えば、《大賢者》と《剣聖》がリッパー冒険者ギルドに登録したのは、フィンが事務員として働いた直後。それに、何やら親しげに話もしていたような気がする。

だが一介の無能な事務員と、Sランク冒険者では格が違いすぎる。それを理由に移籍するなんて理解ができないのだ。

「ど、どうしますか、リッパー様。あの二人がいないと、今後の公共依頼が受けられません……協会に、なんて説明をしましょう?」

公の組織からの依頼は、かなり難易度の高い内容が多い。そのためSランク冒険者がいないギルドは、成功させる可能性が皆無なのだ。

「う、うるさい！ そこは協会にも誤魔化しておけ！ 公共依頼はなんとしてでも受注しないと、ダメなのだ！」

たった二年間でリッパー冒険者ギルドが、ここまで躍進できた一番の理由は、公共依頼を次々と成功させてきたから。つまり剣聖と大賢者の二人に依存してきたのだ。

だからこそリッパーは公共依頼を失う訳にはいかなかった。協会に提出する書類を部下に偽造させて、収入の減少を食い止めようとする。

「ふう……これで何とか、しばらく協会は騙せるはずだ……おい、急いで、新しい高ランクの冒険者を、今のうちに探せ！　絶対に売り上げを落とすなよ！」

剣聖と大賢者の登録を失ったことは大きい。だがリッパーは諦めていなかった。

なぜなら王都には数千の冒険者がいる。勢いがあるリッパー冒険者の看板さえあれば、まだ巻き返しは十分可能なのだ。


――だが、そんなリッパー冒険者ギルドに更に事件が起きる。


「入るよ」

リッパー冒険者に突然入ってきたのは、一人の頑固そうな老女。

「おお、これはハヤギン様！」

来店したのはハヤギン。王都でも最大規模を誇る《ヤハギン薬店》の経営者。リッパー冒険者ギルドの最高位の上客の一人だ。

「突然の訪問ありがとうございます、ハヤギン様。本日は、いかがなさいましたか!?」

突然の上客の来店に、リッパーは低姿勢でゴマをすりながら挨拶で迎える。

なぜならこの《ヤハギン・グループ》からの薬草やポーションの依頼の金額は、王都でも随一。リッパー冒険者ギルドの売り上げの二割以上もあるのだ。

「ふん。あのフィンが居なくなって、どうなったか確認しにきたのさ、今日は」

「えっ、〝あのフィン〟ですか……？」

大経営者の口から出てきたのは、またもや意外な名。リッパーは思わず聞き返してしまう。

今思えば、たしかに《ヤハギン・グループ》から仕事が貰えるようになったのは、フィンがウチで働き始めてから。それにフィンとハヤギンは何やら、親しげに話もしていたような気がする。

「アタシは遠まわしが嫌いだから、先に結論を言うよ。リッパー冒険者ギルドとウチの特別取引は今月で終わり。来月からは、また一から考えさせてもらうよ」

「えっ!?　そ、そんな!?　ど、どうして!?」

ハヤギンからのまさかの宣告に、リッパーは目の前が真っ白になる。

いったい急にどうして？

なぜ、この大経営者もフィンの名前を出して、ウチを遠ざけていくのか理解できないのだ。

(も、もしかしたら、あのフィンは有能だった、のか!?　だからウチは急成長したのか？　い、いや、そんなはずは……)

ハヤギンが立ち去って、混乱しながらもリッパーは、自分の心を正常に保とうとしていた。

なぜなら認める訳にはいかないからだ。

『自分が無能だとクビにした事務員が、実は超有能で、陰ながら急成長に貢献していた』……そんなことを認めてしまえば、自分たちの無能を証明してしまうからだ。

「くっ!　貴様らが無能なせいで、こうなったんだぞ!」

リッパーはかつてない窮地に陥り焦り、部下に当たり散らす。このままいけばリッパー冒険者ギルドの今後の売り上げは、七割以上も激減してしまう。

更に冒険者ギルドの評価ポイントも同様に下降。一気に冒険者ランクが下がる危機に瀕していた。

「こ、こうなったら手段は選ばないぞ！　落ちた売り上げを、どんなことをしても保つんだぞ！」

かつてない窮地に、リッパーは部下にあらゆる手段を命令する。


――だがリッパーは知らなかった。本当に窮地と地獄は、これから襲ってくることを。

四章　新しい職員

協会に行った翌日。

今朝もオレは定時前から出勤。職場の整理整頓をしながら、ギルドの事務仕事を片付けていく。

今のところ登録冒険者はまだ少なく、受注した依頼も少ない。だが経営改革に息つく暇はない。

過去の依頼の確認や、今後の事業展開についての計画書を作成していく。

「ふぁ……フィンさん、おはようございます。今朝も早いですね」

開店ギリギリにマリーが出勤してくる。朝はあまり得意ではない彼女は、かなり眠そうな表情。

本来オーナーは誰よりも早く出勤するのが常識。やはりマリーは大物な経営者なのかもしれない。

「オーナー。さっそくですが昨日の報告書です」

冒険者ギルド協会での契約について、マリーに報告する。今後の経営改革を行うためにも、職場での情報の再確認は必須なのだ。

「ありがとうございます。それにしても公共依頼を受けられるなんて、夢のようだけど、あんまり期待しない方がいいかもね、フィンさん？」

「そうですね。副理事長の助言があったとしても、ウチはまだギルドランクF。王都の掃除や害虫の駆除などの依頼がくるのが妥当だと思います」

公共依頼にも色んなランクがある。普通の依頼と同じく、規模が大きく難しいものほど依頼料は高い。

だがボロン冒険者ギルドはランクFの廃業寸前のギルド。登録冒険者も少なく、副理事長ゼノスもあまり大きな依頼は出してこないだろう。

「あとオーナー。こっちは気が付いた経営の改善点です」

次に提出したのは、経営改善していくための事業計画書。項目に分けて数種類の問題点を書いていた。

主な問題点は次の三つだ。

◇

《ボロン冒険者ギルド改善点》
・登録冒険者の不足。現在のところ実際稼働人数は約四人（改善優先度：B）
・一般市民からの依頼不足。ギルド運営の認知度を高めることが必要（改善優先度：C）
・職員の不足。信頼のおける職員が必要（改善優先度：A）

◇

マリーに検討してもらいたいのは、以上の三点。他にも細かい改善点はあるが、そっちはオレでも対応が可能だ。

「やっぱり色々あるのね……」

事業計画書を見ながら、マリーは目を細める。経営の素人な彼女でもわかりやすく書いてあるので、自分が置かれている立場が実感できるのだろう。

「ん？　この『登録冒険者の不足』は〝改善優先度：B〟となっているけど、それほど急がなくてもいいんですか？　売り上げを増やすために、冒険者は急いで増やさないといけないイメージだけど？」

「はい、そうですね。ウチのギルドの受け入れ体制は、まだ貧弱。あまり多くの新規登録者が押し寄せてもパンクしてしまいます。新規登録者はゆっくりと増やしていきましょう」

素人が一番勘違いしがちなのは、『冒険者ギルドの経営って、冒険者をたくさん登録させて、たくさん依頼をこなしていけば儲かるんでしょ？』という間違った認識だ。

たしかに冒険者ギルドの主な収入源は、依頼を達成した時の手数料。だが冒険者ギルドの依頼は多種にわたり、常に細心の注意を払う必要がある。

そのためキャパに合わない新規登録者の増大は、逆に経営を混乱させる。客離れの要因となってしまうのだ。

「えっ……それじゃ、わたしの先日の看板作戦は、無意味だったってことですか!?」

「いえ、それも違います。オーナーの先日の宣伝活動は大変すばらしいものです。ですが口コミは広がっていくのに、時間がかかります。その間に、ウチは受け入れる体制を整えておきましょう」

ボロン冒険者ギルドの認知度はまだ低い。むしろ『閉店したんでしょ、たしか？』というマイナスイメージすらある。

だから今後も定期的に宣伝活動を行って、徐々に新規登録者を増やしていく。宣伝活動に大逆転はなく、コツコツとした日々の活動が重要なのだ。

「なるほど。そういうことですか。それなら今後もわたし頑張っちゃいます！」

頭を使う経理より、身を張った宣伝活動は好きなのであろう。マリーはやる気を出している。

オーナーが自ら宣伝と営業活動をするギルドは、大きく躍進していく。マリーの性分はありがたい。

「ん？　それじゃ、早めに改善しないといけない部分はどれですか？」

「いい質問です。早急に改善したいのは『受付担当の職員の不足』です。至急、職員を探しましょう」

ボロン冒険者ギルドは現在二人体制。オーナーのマリーと、総合事務員のオレの二人だけ。はっきりいって人手不足の状況だ。

理想ではマリーは日中、営業と宣伝活動をしてもらいたい。経験の浅い彼女のサポートとして、オレも付いていく必要がある。

つまりギルドの留守番と受付作業をする職員が、最低でも一人は欲しいのだ。

「職員ですか……それなら〝職業安定所ハロワー〟に求人を出すのは？」

「たしかに、それは有りだと思います。ですが最初の一人目は、〝信頼を置ける人物〟が欲しいです。もしもオーナーは自分がいない時に、見ず知らずの職員に、金庫番は頼めますか？」

「うっ……それは、たしかに不安ね」

留守番の職員はかなり重要。金庫の鍵を預けていくので、下手をしたら金をネコババされてしまう危険性があるのだ。

「そこで、オーナーの知り合いや、身近な存在で、信頼がおける人はいませんか？」

「えっ……信頼おける人!?　急に言われても……うーん？」

マリーは自分の記憶を探りながら、人を探していく。オレが出したのは、かなり難しい注文なのだろう。

だが経営者にとって大事な資質の一つに、人材のコネクションがある。そのために今回はマリーに自覚を持ってもらうために、あえて厳しい提案をしていたのだ。

「うーん、誰もいないよな……いそうな……？」

だがマリーの頭はパンクしそうだった。適切な人物が思い浮かばないのだろう。

――――そんな時だった。誰かがギルドに入ってくる。

「こんにちは！」

やって来たのは一人の銀髪の少年。歳は十歳くらいだろうか。明らかに冒険者ではない。

「あっ、あなたがフィンさんですね！　はじめまして、ボクはレオンと申します！」

レオンと名乗る少年は、かなりしっかりとした口調で挨拶をしてきた。大人でもなかなかできない立派な態度だ。

「ちょ、ちょっと、レオン!?　職場までいったい何をしにきたのよ!?」

「あっ、お姉ちゃん。はい、これお弁当。せっかくボクが作ったのに、忘れていたよ。まったくお姉ちゃんは忘れん坊なんだから」

「あっ、本当だ!?　ありがとうね、レオン」

どうやら少年はマリーの弟なのだろう。そう言われてみれば顔も似ている。会話的に姉の忘れ物を届けに来てくれたのだ。

「あれ、仕事の依頼もあったんだね、お姉ちゃん？　あとギルド内の間取りも変わって、素敵になったよね？　なんか、昔みたいでドキドキしてきたね！」

「そうね。わたしも頑張って、お祖父ちゃんの時を超えるギルドにしてみせるんだから！」

冒険者ギルド経営者の孫である二人は、幼い頃からここを遊び場にしていたのだろう。レオンも慣れた感じでギルド内を観察。姉と昔の話を懐かしそうにしていた。

（ほほう、これは……）

そんな姉弟のやり取りを見て、オレはあるアイデアが浮かんできた。

「はじめまして、レオン君。新しい事務員のフィンと申します」

「わざわざご挨拶ありがとうございます。姉から話をお聞きしています、フィンさん！　姉はこの通り、抜けているところがありますが、熱意と行動力だけは凄いので、是非ともよろしくお願いいたします！」

レオンは姉のことを好きなのだろう。頭を深く下げて、初対面のオレに補助を頼んできた。

「なるほど、これは予想以上だ。さて、オーナー、決まりました。よかったらレオン君を雇いましょう。このギルドの職員として」

「えっ、フィンさん!?　何を言っているんですか!?　レオンはまだ十歳ですよ!?」

いきなりの提案にマリーは驚く。たしかに普通の十歳の子どもは、冒険者ギルドでは働いていない。

「レオン君は普通の少年ではありません。職員として迎えたら、必ず経営再建の力となる人物です」

啞然とするマリー。レオン君の才能について、オレは説明することにした。

「まずレオン君を雇うべきメリット。彼は初対面でも挨拶がしっかりしています。これはギルド職員としてなによりも大事なことです」

レオンは初対面であるオレに対して、しっかりとした口調で敬語を使ってきた。また身内のマリーを紹介する言葉もちゃんとしている。まだ十歳だというのに、かなりの知識と対応力があるのだ。

「あと、私をひと目見て『フィンという新しい職員』と認識して、適切な会話をしてきました。このようなことは大人でもなかなかできません」

普通の十歳児は怪しげな成人男性を見て、そこまで的確な挨拶はできない。おそらくマリーから新人職員の話を聞いて、記憶しつつイメージもしていたのだろう。

しかも、かなり度胸もある。冒険者ギルドではあり得ない事件や、規格外の人物もやってくる場合がある。レオンのように高い対応力がないといけないのだ。

「あとレオン君は上位共通語も読めますよね、オーナー？」

「あっ、はい。よくわかりましたね。弟は小さい頃から読書が趣味なんです」

先日のライルたちが読めなかったように、上位共通語はかなり難しい。それなのにレオンは全て読み書きをマスターしているのだ。

『あれ、仕事の依頼もあったんだね、お姉ちゃん』という言葉から、レオンが上位共通語も読解できるのだろうと推測した。

「以上の理由から、レオン君ほどの適切な人材はいません。彼は必ず経営再建の力となる人物です、オーナー」

説明を終えて返事を待つ。後は姉弟たちの意思の問題だ。

「そ、それは、たしかに、レオンは昔から賢くて、この冒険者ギルドのことも詳しいけど……まだ十歳なんですよ!?　乱暴な冒険者が来たら、どうするんですか!?」

「その辺はオレに任せてください。それを解決できるのなら、問題はありませんか、オーナー？」

「えっ……!?　そ、それなら私はいいけど。身内であるレオンが助けてくれるのは、嬉しいわ。でも本人が何と言うか……」

防犯対策を心配するマリーの説得も成功。あとは本人の意思を確認するだけだ。

だが、その確認作業は不要かもしれない。

「ほ、本当にボクが、この冒険者ギルドの再建の手伝いをできるんですか、フィンさん!?　ぜひ手伝わせてください！　お祖父ちゃんのギルドを……ボクたちの想い出の場所を、絶対に絶やしたくないんです、ボクも！」

先ほどからレオンは、ずっと目を輝かせていた。誰よりも強い覚悟と意思で『ボロン冒険者ギルドを再建したい！』と両目に情熱を燃やしていたのだ。

「さて、本人の了承も得られました。よろしいですか、オーナー？」

「ええ、もちろん！　これから頼んだわよ、レオン！　一緒に頑張っていこう！」

「こちらこそよろしくお願いします、お姉ちゃん！　フィンさん！」

当人と家族の承認が得られた。

これでボロン冒険者ギルドに三人目の職員、十歳の少年事務員レオンが加入したことになる。

「ふう……でも、あのレオンと一緒に働くことになるなんて、なんか不思議な感じね。あんた、朝とか大丈夫？」

「その辺は任せてよ。なんだったら、いつも寝坊なお姉ちゃんを、もっと早く起こしてあげるよ！」

「うっ……それは、ちょっとゴメン。低血圧だから朝は弱いのよ、私は……」

「でも、オーナーとして、もう少し規律ある生活をしないと、駄目だよ、お姉ちゃん！」

「は、はい……肝に銘《めい》じておきます」

早速、同僚となった姉弟で、楽しそうに話をしていた。こうして見ていると、なかなかバランスが取れた二人だ。

しっかり者で頭が良い弟のレオン。

姉のマリーには欠点はあるが、何よりも行動力があり経営者としての大物の器がある。

二人で短所を補い合い、長所を伸ばしていけば、必ず素晴らしいギルドの中核となるだろう。

「それではレオン君は今後、朝十時から夕方六時までの出勤でお願いします」

「はい、フィンさん。わかりました！」

レオンは家事も行っているというので、朝はゆっくり出勤してもらうことにした。最初はオレとマリーが営業で外出中の、留守番係という役割を担ってもらう。

「あと、フィンさん。早速ですがギルドの仕事を教えてもらっていいですか？」

「はい、もちろん」

今日は特に外回りする予定はない。レオンに冒険者ギルドの仕事を教えていくことにした。

「まずは受付の基本のやり方は、このように……」

「なるほど、わかりました！　こうですね」

教えてみてわかったことだが、レオンは本当に才能あふれる少年だった。オレが教えていくギルド職員の知識を、真綿のようにドンドン吸収していくのだ。

「あと、この帳簿は……」

「わかりました。こっちは、こうでいいですか？」

彼は幼い頃からこのギルドを遊び場代わりにしていた。そのためギルド職員の仕事の内容に関して、やけに詳しかった。この点に関しては姉のマリーも同じ。

だがレオンの場合は比べ者にならない記憶力と知識量だった。下手したらその辺の新人ギルド事務員よりも、レオンは知識があるのだ。

「たいしたものですね、レオン君」

「ありがとうございます、フィンさん。実はお姉ちゃんと一緒に、昔はここで『冒険者ギルドごっこ』をして遊んでいたんです。お祖父ちゃんや他の職員の仕事を観察して、二人で真似をしていたんです」

なるほど、そういうことか。この知識は遊びながら学んだのか。たしかに子どもの観察眼は、大人よりも優れている、と言われている。

記憶力が優れているレオンは、ここで数年間の『冒険者ギルドごっこ』が実体験となって身に付いていたのだ。

(それにしても、祖父の冒険者ギルドを遊び場にしていた……か)

話を聞いて察する。マリーとレオン姉弟の家庭環境は少し特殊なのかもしれない。今まで父母の話は一度も聞いたことがない。

おそらく姉弟にとって頼れる大人は、祖父だけなのだろう。そのためボロン冒険者ギルドの中が遊び場であり、家代わりだったに違いない。

「昔お姉ちゃんは、よく、あの段差で転んでいたんですよ、フィンさん」

「ちょ、ちょっと、レオン!? そんなこと、フィンさんに言わないでよ!」

「えっへっへ……ごめんごめん」

だが複雑な家庭環境を、二人は苦にしている雰囲気はない。むしろ楽しそうに思い出話をしている。

数年前までは賑やかだったボロン冒険者ギルドの中で、元気に駆け回る少年少女の姿が目に浮かぶ。

「さて、レオン君。今のところ教えることは、これで終わりです。あとは実戦で学んでいきましょう」

「はい！　ありがとうございます、フィンさん。今後もよろしくお願いいたします！」

レオンへの研修は午前中で終わる。かなり複雑なギルド職員の仕事を、彼は短時間でほとんどマスターしてくれた。これでオレとマリーが外回りに出ても、安心して留守を任せておける。

「それにしてもフィンさんが見込んだとおり、レオンは凄いわね。姉として優秀な弟のことが誇らしいけど、脅かされるような……なんか複雑な気分ね？」

マリーが複雑な表情をする気分はわかる。身内に才能があり過ぎる者がいると、劣等感に押し潰されそうになるのだ。オレにも才能がある親代わりの師匠がいるから、その気持ちに共感できる。

「あっ、そういえば、フィンさん。レオンが一人で留守の時は、どうするんですか？」

実習が終わり、マリーが訊ねてきたのはギルドの防犯に関して。

いくらレオンが優秀でも、身体《からだ》はまだ小さな十歳の少年。万が一、強盗や理不尽な冒険者が来た時に、力づくでも対応できないのだ。

「そうでしたね。防犯にはこれを使います」

オレは自分の鞄《かばん》に手を入れ、【収納】から目的の品を取り出す。

シュイーン！

取り出したのは〝一つのお面〟。鬼のように角が生えたお面だ。

「それは……不思議な形のお面ですね、フィンさん？　どこかの民芸品ですか？」

「さすがレオン君。これはオレの故郷の厄除け面です」

収納から出したのは、オレが育った地方の厄除けのお面。これを置いておけば『心に悪いことを考えている者は、悪事に比例した恐怖を感じてしまう』不思議なご利益《りやく》があるのだ。

これをプレゼントしてくれた師匠は、『恐怖を司る上位魔族の顔の皮』を使っていると言っていた。

まぁ、オレを怖がらせるための作り話だが、魔除け程度にはなるはずだ。

「レオン君が留守番の時は、これをギルドに置いておきます。お守りみたいなものです」

正直なところ、効果があるかどうかは断定できない。

だが以前試しに使ってみた時は『周辺の盗賊団が壊滅。あと荒くれ冒険者たちが自主的に丸坊主にしてきた』という不思議な現象がなぜか起きた。

たぶん偶然で、今回はあまり当てにはできないが、厄除け程度にはレオン君のことを守ってくれるだろう。

「うっ……うっ……そのお面を見ていると、なぜか心が痛くなるんですが、私だけでしょうか……うっ……」

なぜかマリーが少しだけ苦しそうにしていた。やましいことがない限り大丈夫なはずなので、気のせいだろうが、かわいそうなので彼女がいる間は、しまっておくことにした。

「これは凄い効果ですね！　本当に何から何までありがとうございます、フィンさん！　これからもよろしくお願いいたします！」

新しい仕事仲間のレオンが加入して、ギルドに活気も出てきた。

人手の余裕が出てきたため、次なる問題の解決に着手をしていける。

「あっ、フィンさん。あとお願いですが、ボクに対しては敬語はやめてください。なんか恥ずかしいので……」

「わかった、レオン。これからよろしく頼むぞ」

レオン本人からの希望で、敬語を使うのは止めることにした。

ちなみにオレに敬語を使われるのを、マリーも嫌そうにしていた。だが彼女は上司かつオーナーなので、そのままでいることにした。


そんな職員間の交流を深めていた昼過ぎ。ギルドに二人組がやってきた。

「こんにちは！」

「こんにちはです、フィンさん」

ギルドに入ってきたのは若い男女の冒険者。駆け出し剣士ライルと、見習い女神官エリンの二人組だ。

カウンターにいたレオンに、早速エリンは気がつく。

「ん？　その可愛い男の子、昨日はいなかったわよね？　もしかして誰かの子ども、キミ？」

「はじめまして！　ボクは本日から働くことになったレオンと申します。よろしくお願いいたします！」

初めて顔を会わせるエリンたちに対して、レオンは頭を下げて元気よく挨拶をする。礼儀正しく物おじしない度胸だ。

「えっ、新人さんの職員だったの!?　レオン君って、いうのね……可愛い！　ねぇ、そう思わないライル!?」

「そうだね、エリン。でも、まだ幼いのに、すごくしっかりした子だね」

レオンはいきなり好印象を与えていた。幼いがレオンの顔立ちは整っている。女性の母性本能をくすぐるタイプなのであろう。

エリンは弟を可愛がるような口調で、レオンと楽しそうに話し始める。その間、ライルがオレのところにやってきた。

「そういえば、フィンさん。昨日の報酬金のことで、聞きたいことがあってきました。武具屋で気がついたんですが、もしかしてボクたちが貰ったのって、３００ペリカじゃなくて、３００万ペリカじゃないですか？」

ライルが訊ねてきたのは、昨日、支払った報酬についてだ。

「はい、たしかに３００万ペリカを渡しました。全部で１，０００万ペリカの報酬だったので、残りの７００万ペリカは預かっています」

ライルとエリンは『依頼：《究極万能薬《エリクサー》》の素材を1，000万ペリカで買い取る』を達成したので、約束通り渡していた。

だがライルの顔つきは、戸惑いを隠せていなかった。

「なにか不具合でも？」

「いえ、不具合はなにもありませんでした。でも、あんな簡単な任務で1，000万ペリカも貰えると思っていなかったので、ちょっと混乱していたんです……」

田舎から出てきたこの二人は上位共通語の読み書きがまだできない。そのために『1，000ペリカ』と『1，000万ペリカ』の値段を勘違いしていたようだ。

「そうだったんですか。それはこちらの説明不足でしたね。とにかく先日の報酬は1，000万ペリカで間違いありません。冒険者ギルドの報酬は相場があってないような世界。あまり気にしないのが、冒険者を続けていくコツかと、思います」

冒険者の仕事は波が大きく、理不尽な内容も多い。危険が大きいのに安い依頼があり、安全だが異常なほど高額報酬な依頼もある。どんな依頼を受けられるかは、天に運を任せるような要素もあるのだ。

「なるほど。そういうことだったんですね。アドバイスありがとうございます、フィンさん！」

「ねっ、だから私も言ったでしょ、ライル？　お金のことはあんまり細かく気にしない方がいいのよ！」

「たしかに、そうだったね」

エリンの方は大雑把《おおざっぱ》な性格なのだろう。慎重な性格のライルと、いいコンビかもしれない。とにかく報酬の問題が解決してよかった。

「お金の確認も済んだことだし。それじゃ、改めて武具屋に買い物に行きましょうよ、ライル？　はやく、この田舎風の服から卒業したいわ」

「そうだね、エリン。それでは、フィンさん、今日は失礼します」

今日はお金の確認のために、立ち寄っただけなのだろう。ライルとエリンは立ち去っていく。これから改めて武具屋で、新しい装備を買い揃えるという。

「エリンさんとライルさん……元気な方でしたね、フィンさん」

「ああ、そうだな。ああした若くてエネルギッシュな冒険者が増えてきたら、ギルドにも活気が出てくる」

危険が多い冒険者の現役生活は、それほど長くはない。三十歳を過ぎたら身体がガタツキ、四十を過ぎたら第一線で剣を振るうのは難しい。

そのため多くの冒険者は、四十を前にして引退。貯めておいた金で、第二の人生を歩んでいく者が多いのだ。

「なるほど、たしかにそうですね。あとフィンさん、確認ですが、台帳に書いてあるこの『二百束のバリン草を採取』のエレーナという人は、まだ依頼中になっていますが、遅くないですか？」

受付台帳を確認しながら、レオンは心配そうにしている。何しろバリン草の群生地は、王都の近くにもある。初心者の冒険者でも半日ちょっとで終わる仕事なのだ。

「たしかに、そうだな。でも、その人なら大丈夫だ」

　バリン草の二百束の採取の依頼を受けていたのは女魔術師エレーナ。

　少し変わった冒険者だが、今までオレが出した依頼で失敗したことはない。おそらく、どこかに寄って帰還しているのだろう。

　そんなオレたちの話を聞いていたマリーが、自分の席で何やらうめき声を上げている。

「うっ……あの《大賢者》エレーナ＝アバロンに、まさか初心者向けのバリン草の採取を依頼していた、フィンさんって……Sランク冒険者の無駄使いすぎです。はぁ……」

　頭を押さえながら、なにやらブツブツ呟いている。彼女は仕事中に、たまに変な発作を起こす。いつものことなので気にしないでおこう。

「わかりました。ということはフィンさん。今のウチには出せる依頼がない、ということですね？　今後はどうしますか？」

「とりあえずは後で営業回りに行く予定だ。レオンは留守番を頼む。今の状況では待っていても、依頼も新規冒険者も来ないからな」

　新生ボロン冒険者ギルドの王都での認知度はまだ低い。そのため一般市民や商店から、依頼が持ち込まれる可能性は皆無。職員であるオレたちが、足で探してくるしかないのだ。

　――そんな時、また誰かがギルドに入ってくる。

「ふん。ここに来るのは久しぶりだけど、随分と雰囲気が変わったわね？」

　やってきたのは高そうなローブを着た年配の女性……薬師のハヤギンさんだった。

「こんにちは、ハヤギンさん。今日はどうしたんですか？」

ハヤギンさんは前の職場の顧客。転職したことは伝えていたが、いきなりどうしたのだろうか？

「あんたの新しい職場を、見にきたのさ、フィン。あと、これは挨拶がわりの依頼さ」

ハヤギンさんが手渡してきたのは、十枚の依頼書。初級向けから上級者向けまで、多種多様にわたる薬の素材収集の依頼だ。

「こんなに沢山。前職に引き続き、ありがとうございます」

ハヤギンさんは前の職場でも、色んな依頼をオレに発注してくれた。名義はすべて〝ハヤギン〟個人名で、今回も同じ。ちょうど依頼が欲しかったから、ナイスタイミングだ。

それにしても、この依頼は個人で出せる数ではない。どうしてこんな大量の依頼を、ハヤギン個人は発注できるのだろうか？

だが依頼人のプライベートを詮索しないのが、職員としてのオレのマナー。オレは黙って依頼書を受け取ることにした。

「それにしても懐かしいわね、ここも……今はいったい誰が経営しているのやら……」

オレとの仕事の話が終わり、ハヤギンは何やらギルドの中を懐かしそうに見回していた。もしかしたら前にも訪れたことがあるのだろうか？

そんな疑問に答えるかのように、受付のレオンが彼女に声をかける。

「あの……もしかして、ハヤギンおばちゃま……ですか？　ボクは祖父が昔ここでお世話になった、孫のレオンです。覚えていますか？」

「ん!?　おお……あんた、あのレオン坊や、だったのかい!?　昔は、こんなに小さな男の子だったのに、立派に成長して!?」

驚いたことに二人は顔見知りだった。まるで自分の孫でも見るかのように、ハヤギンは優しい顔になる。

「あんまりにも立派になったから、気がつかなかったよ、レオン坊！　今はいくつになったんだい？」

「覚えてくれていて、嬉しいです！　ボクは今年で十歳になりました。今日から姉の手伝いとして、ここで働き始めました！」

レオンはカウンターから出ていき、丁寧に挨拶をする。まるで祖母と再会したかのような笑顔だ。

「おお、そうだったのかい。十歳でギルド職員とは、本当に偉いね……姉の手伝い、ということは、そっちの嬢ちゃんはマリーかい？」

「あっ、はい。ご無沙汰しています、ハヤギンさん！　マリーです！」

マリーもカウンターから出てきて慌てて挨拶をする。だが彼女はかなり緊張した様子。まるで叱られた子どもだ。

「はっはっは……そんなビクビクしなくても大丈夫さ。別に取って食おうとは、思ってないよ、あたしゃ！」

「うっ……は、はい」

二人の雰囲気から見て、昔からハヤギンのことを、マリーは少し苦手なのかもしれない。何しろハヤギンは頑固で他人にも厳しい性格。きっと向こう見ずなマリーは、幼い時にハヤギンに叱られた怖い記憶があるのだろう。

「それにしても、あのボロンの奴が倒れた時は、ここは閉めるしかないと思っていたけど……本当に、よく再開したもんだね、あんたたち姉弟は」

「ありがとうございます、ハヤギンおばちゃま。実はお姉ちゃん、自分から名乗り出て、再開したんですよ！」

「おお、そうだったんかい!? あの頼りないマリーが、よくも自分で……」

ハヤギンは姉弟とプライベートな話をする。療養中の祖父ボロンの容態や、生活のことなど親身になって聞いていた。

そして話の内容は、オレが勤務し始めた時のことに移る。

ハヤギンの鋭い視線が、オレに向けられる。

「ふむ、なるほどね。それで困っていたこのギルドを、あんたが助けている最中、ということか、フィン？」

「まぁ、そうですね。求職中だったオレも助けてもらいましたが」

「相変わらずお人よしというか、〝才能の謙虚使い〟というか、フィンらしいわね、あんたは」

「おそれいります」

以前からハヤギンはオレのことを、やけに高く評価してきた。だがオレは一介の冒険者ギルドの職員。今回も謙虚に対応する。

「ふう……今日は嬉しい再会があって、あたしゃ幸せな気分になれたよ。それじゃ、フィン。その依頼は頼んだよ。無くなりそうなタイミングで、また遊びにくるよ」

「ありがとうございます、ハヤギンさん。お気をつけて」

満足そうなハヤギンを、ギルドの玄関で見送る。彼女の護衛らしきお供が、ギルドの外で待機していた。

これは少し不思議なことだ。なぜなら普通の薬師には、あれほど屈強な護衛を雇う金はないからだ。

相変わらず謎な女性だが、詮索するつもりは今後もない。仕事をもってきてくれたことに感謝しつつ、最後まで見送る。

さて、最後まで見送ったことだし、また仕事に戻るとするか。

「フィンさん、お疲れ様です。それにしても凄いですね。こんなに一気に十件もの依頼を受けるなんて！　しかも、あの仕事に厳しいハヤギンさんが、あそこまでフィンさんのことを信頼していた、だなんて！」

「たまたまだ。人の縁に感謝、ということだ」

興奮するレオンに説明をする。

手数料を収入源にする冒険者ギルドを経営していくうえで、一番大事なのは〝人の縁〟だ。色んな依頼人と冒険者を繋ぐことで、ギルドの運営は成り立っているのだ。

「なるほど、たしかに……本当に勉強になります！」

勤勉なレオンは、さっそくメモをしている。

「ふう……昔から緊張するのよね、あの大物おばちゃんは……私に怒る時だけ、やけに怖かったし」

一方でハヤギンが立ち去り、マリーは深く安堵の息を吐き出している。

（ん？）

そんな時だった。ギルドにまた誰かがやってくる。今日はやけに来客が多い日だな。

「おお！　いたな、フィン！　さっそく仕事をもってきたぞ！」

地鳴りのような大声と共に、やってきたのは巨漢の男性。筋肉隆々で熊のような強面の戦士ゼノスだ。

「仕事ということは、もしかして〝公共依頼〟ですか、副理事長？」

ゼノスは協会の副理事長。昨日の約束を、早くも果たしにきたのだろうか。

「ああ、そうだ。だが今回の依頼人はすこし厄介だ。どうする、受けるか？」

「はい、もちろん。ありがたくちょうだいします」

今のボロン冒険者ギルドには、一つでも多くの依頼が必要。たとえ相手が厄介な依頼人でも、仕事を選んでいる立場ではないのだ。

「ガッハッハ……！　相変わらず豪胆だな。ならばフィンと……経営者の嬢ちゃんも、ついてこい！」

「えっ、わ、わたしも、行くんですか!?」

ゼノスが指名したのはマリー。基本的に公共依頼では初仕事の時、発注する前に簡単な面接審査を行う。そのためオーナーも同行する必要があるのだ。

さっそく留守番をレオンに任せて、オレたち三人はギルドを後にする。

「ちなみに副理事長さん、本日はどちらに行くんですか？」

ギルドを後にしてマリーがおそるおそる訊ねる。初めての公共依頼の交渉に緊張しているのだ。

「ふむ。今日はこれから最外周区画に行くぞ！」

「えっ？　最外周区画？　そこでの公共依頼って、相手はまさか……？」

説明を聞いてマリーは何かに気がつく。

王都は何層にも区画が分かれており、中央に向かうほど貴族や騎士など、身分が高い者が住んでいる。

一方で一番外側の〝最外周区画〟は貧民街《スラム》化しており、普通の公共的な組織はない。〝ある特殊なギルド組織〟しか、最外周区画にはないのだ。

「ね、ねぇ、フィンさん……もしかしたら依頼人は……」

「そうですね、オーナー。今回の依頼人は、盗賊ギルドでしょう」

「や、やっぱり！」

「ガッハッハ！　早く行くぞ、二人とも！」

こうして協会副理事長ゼノスに強引に連れられて、王都でも最も治安が悪い貧民街《スラム》へ向かうのであった。

五章　初の公共依頼

冒険者ギルド協会の副理事長ゼノスに連れられて、オレたちは最外周区画にやってきた。ここは王都でも最も治安が悪い、貧民街《スラム》と呼ばれる区画だ。

「うっ……ここが貧民街《スラム》ですか」

初めて足を踏み入れた区画の雰囲気に、マリーは腰が引けている。何しろ彼女が生まれ育った下町とは違い、貧民街《スラム》はかなり異様な光景。いたるところにゴミが散乱して、腐敗臭も立ち込めているのだ。

また小路の両脇には、薄汚れた格好の住民がたむろしていた。外界からの来訪者であるオレたちを、鋭い目つきで睨んでくる。

「うっ……こ、この雰囲気……」

「がっはっはっは……どうした、嬢ちゃん？　ビビッているのか!?　気にせずに、いくぞ！」

腰が引けているマリーに構わず、ゼノスはどんどん先に行ってしまう。オレはマリーを先導して一緒に歩いていく。

「うっ……まだ睨んでくる。ここ、やっぱり、なんかヤバくないですか、フィンさん？」

「大丈夫です、オーナー。刺激さえしなければ、彼らは襲ってはきません」

初めて訪れた者にとって、貧民街《スラム》は異常な無法地帯に見える。だが貧民街《スラム》にも一応のルールがある。表通りを歩いている限りは比較的安全なのだ。

「そうなんですね。ん？　という、ことは表通りじゃない道に入ったら……？」

「あまりお勧めはできません。毎日行方不明者も出ているくらいなので」

王都には約二十万もの市民が生活している。そんな中で毎日けっこうな数の〝行方不明者〟が出ていた。その中でもダントツの失踪発生場所が貧民街《スラム》なのだ。

「ま、毎日、行方不明者が出ているんですか、ここは!?」

「はい、そうみたいですね。そもそも貧民街《スラム》に住んでいる正確な人口は、国ですら把握していないのです、あくまでも概算の行方不明者数ですが」

王都に住んでいる市民は、一応は全て国によって管理されている。魔道具の〝市民証〟を使用して管理している。王都で生活していくためには、市民証が必須。そのため国は市民証を魔道具で管理して、税金を集めているのだ。

だが貧民街《スラム》の住民の中には、市民証すら持っていない者も多い。偽の市民証を発行する組織があり、多くの不法滞在者が住んでいるのだ。

「『偽の市民証を発行する組織』……それって、もしかして？」

「はい、そうです。公にはされてはいませんが、盗賊ギルド関連です」

「やっぱり!?　でも、公のギルドが、そんな違法なことをしてもいいんですか!?」

「おい、着いたぞ！」

マリーがそう訊ねてきた直後、先頭のゼノスの足が止まる。目的の場所、盗賊ギルドにたどり着いたのだ。

「うっ……ここが盗賊ギルドですか。あれ？　でも予想よりも、あまり大きくないですね？」

マリーが指摘するように、盗賊ギルドの建物はそれほど大きくはない。木造の二階建てで質素な建物。先日の五階建ての冒険者ギルド協会に比べたら、小規模に見えるのだろう。

「たしかに外観は小規模ですが、実はこのギルドは周りの建物と、秘密の通路で繋がっています。あと地下にも部屋があるので、下手したら冒険者ギルド協会よりも大規模です」

「えっ、あの冒険者ギルド協会よりも!?　そ、それは怖いわね……」

マリーが驚くのも無理はない。一般市民が思うよりも盗賊ギルドは大規模な組織だ。王都の色んな所に支部と関連店があり、ギルド会員が潜んでいるのだ。

光が強ければ、比例して影も濃く大きくなる。つまり大都市になればなるほど、盗賊ギルドの規模は大きくなるのだ。

「ん……アイツは？　おい、フィン。あとはお前に任せていいか？　オレは〝野暮用〟ができちまった。ちなみに盗賊ギルドの担当者は〝ガメツン〟という男だ、よろしく頼んだぞ！」

「野暮用ですか……はい、問題はありません」

ゼノスは貧民街《スラム》で誰か知り合いを見つけたようだ。この後の仕事を全てオレに丸投げして、どこかに行ってしまった。まったく相変わらず自分勝手で忙しい男だ。

「えっ、副理事長が行っちゃったよ!? ほ、本当に私たち二人で大丈夫なんですか、フィンさん!?」

頼りになる腕利き戦士ゼノスが突然去ってしまい、マリーは顔を真っ青にする。まるで猛獣のオリの中に放り込まれた、小動物のようにプルプルしていた。

「たぶん大丈夫でしょう。とにかく先方を待たせては失礼になります。中に入りましょう、オーナー」

「えっ、フィンさんも!? お、置いていかないでください！」

「うっ……ここが盗賊ギルドの中ですか……ん？ なんか、意外と普通、だった!? もっと、『犯罪者集団の巣窟』みたいな場所をイメージしていたのに!?」

ギルドの中を見回して、マリーは小さく声を上げる。おそらく予想していた雰囲気と、ギルドの中が違ったのだろう。周りをきょろきょろして呆気に取られていた。

「〝盗賊ギルド〟といっても表向きは、公の機関ですから、ギルドの事務所はこんな感じで普通なんですよ、オーナー」

「な、なるほど、そうだったんですね！」

マリーが勘違いするもの無理はない。〝盗賊ギルド〟という組織の市民のイメージは、あまり良くない。おそらく〝強盗団の集まり〟や〝暗殺者集団〟といった印象もあるのだろう。

だが盗賊ギルドは一応、国にも認められている公の機関。だからギルドの受付にはオープンな雰囲気があるのだ。

「それにしても盗賊ギルドのイメージとは違うわね……」

「もしかしたらオーナーの中では、盗賊ギルドは『盗人の集団』というイメージがありませんか？」

「えっ、まぁ……あまり大きな声で言えないけど……はい」

「たしかに昔はそんな一面もあったようです。ですが王都のような大都市では、盗賊ギルドの存在は実はかなり重要なのです」

大都市で盗賊ギルドが重要な理由は、〝冒険者〟という職業の存在があるからだ。

何度も言うが迷宮や魔物が多い大陸で、冒険者の必要性は高い。そして未知の遺跡に挑む冒険者にとって、盗賊の技術を持つ者は最低でも一人はパーティーに欲しいのだ。

つまり冒険者の必要性が高い大都市では、必然的に盗賊も重要。その盗賊を管理して育成する盗賊ギルドも、かなり大事な機関ということなのだ。

「なるほど、そうだったんですね。『盗賊を管理して育成』って、けっこう真面目なギルドなんですね、ここは」

「たしかに、そうですね。盗賊は特殊な技術や知識が必要になるので、彼らは幼い時から鍛錬をしているのです」

盗賊になる者は、訳ありの出身者が多い。彼らは生きていくために、幼い時から盗賊ギルドで技を磨いていく。成人後は冒険者の一員となり、一攫千金を目指して必死で努力しているのだ。

「ふむふむ、ということは盗賊ギルドも冒険者ギルドに似た感じ、ということですね。なんかビビッて損しちゃいました！」

説明を聞いてマリーの顔が明るくなる。冒険者ギルドの孫娘として育った彼女は、〝冒険者という職業人〟に対して深い愛情を持っていた。

そのため盗賊ギルドの実態を知って、急に親近感が湧いてきたのだろう。笑顔でギルドの中の人たちを見回す。

「わかってくれて嬉しいです。でもオーナー、冒険者ギルドと盗賊ギルドには〝決定的な違い〟がありますよ」

「えっ……〝決定的な違い〟……ですか？」

「はい。盗賊ギルドには必ず〝裏の顔〟があります。特に今回のように『冒険者ギルドにわざわざ公共依頼を頼んできた』時は、そっちの方面の可能性が高いです。あんな感じで」

盗賊ギルドのロビーで立ち話をしていると、数人の男たちが近づいている。明らかに堅気《かたぎ》の者ではない。

「おい、お前ら、何者だ？」

「まさか遊びにきた訳じゃないだろうな？」

「さっきから小声でごちゃごちゃと……もしかしたら他のギルドのスパイか？」

包囲してきたのは強面の男たち。おそらく盗賊ギルドのメンバーであろう。

刃物は抜いてはいないが、手は懐に入れてある。盗賊特有の『いつでも刃物を抜ける戦闘態勢』

だ。

「ひっ……フィ、フィンさん……話が違いますよ……これ……」

マリーの表情が急変。顔を真っ青にしながら、オレの後ろに隠れる。生まれたての小鹿のようにプルプルしていた。

「大丈夫です、オーナー。これでも彼らなりの挨拶なのでしょう。えーと、挨拶が遅れました。我々は冒険者ギルド協会から紹介を受けてきました〝ボロン冒険者ギルド〟の者です。ガメツンさんという担当の方はいらっしゃいますか？」

怯えるマリーを元気づけながら、包囲している男たちに対して丁寧に自己紹介をする。先ほどゼノスから聞いた、盗賊ギルド担当者〝ガメツン〟の名を口に出す。

「はぁ？　冒険者ギルドだと!?」

「ガメツンさんの客か。それなら仕方がねぇな」

「ちっ……奥に案内する。こっちにこい！」

担当者の名前を出したら、相手の反応が変わる。舌打ちをしながら態度に変化があった。

「ほら、友好的な態度になりましたよ、オーナー。さて、彼らに付いていきましょう」

「えっ、あの強面のどこが友好的な態度なんですか!?　というか、奥に行くのはマズくないですか!?　って、いうか地下ですよ、この先は!?」

「大丈夫ですよ、オーナー。別に取って食われる訳ではありません。さぁ、行きましょう」

こうして数人の強面の盗賊に連行されながら、オレたちは盗賊ギルドの地下室に降りていく。

「フィ、フィンさん、本当に大丈夫なんですか!?　この先はもっとヤバそうな雰囲気ですよ!?」

「心配ありません、オーナー。よかったら、ここから先の交渉はオレに任せてください」

「お、お任せします！　助けてください、フィンさん！」

マリーは経営者としての場数を踏んでいない。今回の交渉もオレが担当することにした。彼女には最終的な了承だけを得るスタイルだ。

「ここだ、入れ」

盗賊ギルドの案内役に通されたのは、地下室の一室。

中に入り周囲を確認する。一応は応接室なのであろう。粗末な木のテーブルと椅子が置いてある。

ここは地下なので窓はなく、照明の魔道具も古びており、部屋の中はかなり薄暗い。

だがパッと見たところ危険はない。オレとマリーは椅子に座らされて、少しだけ待つことにした。

「ガメツンさん。こいつらが協会からの紹介で、〝ボロン冒険者ギルド〟という連中です」

「ほほう。そうか」

少し待った後、案内役が呼んできたのは目つきの鋭い男。状況的にこの男が担当者のガメツンなのであろう。つまり本日の交渉相手だ。

「ガメツンさんですか？　我々は冒険者ギルド協会から紹介を受けてきました〝ボロン冒険者ギルド〟の者です。今日は公共依頼の話を聞きに参りました」

たとえ相手が盗賊ギルドの幹部でも、立場的にはこちらが仕事を受ける側。オレは低姿勢で頭を下げて挨拶をする。

今、応接室にいるのは、こちら側はオレとマリーの二人。相手側はガメツンが椅子に座り、三人の男が背後に立っている状況だ。

「〝ボロン冒険者ギルド〟だと？　聞いたことがない名だな？　冒険者ギルドランクはいくつだ？」

ガメツンは向かいの椅子に座りながら、鋭い口調で訊ねてきた。少し神経質そうな男で、顔に刃物の古傷がある。

「当ギルドはギルドランクＦです」

「はぁー!?　ランクＦだと!?　冗談を言っているんじゃねぇぞ、テメェ!?」

ギルドランクを聞いてガメツンは声を荒らげる。目を細めて明らかにイラついていた。

「ひっ……」

オレの隣にいたマリーが、小さく悲鳴をあげ身体をビクンとさせる。こうした怒声が飛び交う交渉の雰囲気に、まだ十四歳の彼女は慣れていないのだ。

「いえ、冗談ではありません。こちらが当ギルドのランク証明書の写し。あと、こちらが冒険者ギルド協会の副理事長の紹介状になります」

だがオレは冷静に対処する。鞄から書類を取り出し、ガメツンの目の前に置く。

ギルドランク証明書の写しは、常に持ち歩くようにしているもの。あと協会からの紹介状は、別れ際にゼノスから受け取った物だ。

「これは……ちっ、あの〝鬼戦斧《せんぷ》ゼノス〟の紹介状か……」

紹介状を確認して、ガメツンの表情が変わる。舌打ちをしながらも、怒声を上げることはなくなる。

「「あの〝鬼戦斧〟自らの紹介だと……」」

取り巻きの男たちも〝鬼戦斧〟の名を聞いて、ザワついていた。

〝鬼戦斧〟は現役時代のゼノスの二つ名。若い時は王都の悪漢たちの恐怖の的だったという。盗賊ギルド界隈にも知られていたのだろう。

「えっ……〝鬼戦斧〟ってことは、ゼノスさんは、あの伝説のパーティー〝血の疾風団〟の一員だったんですか!?」

「ええ、そうみたいですね」

小声で訊ねてきたマリーと、こっそり会話をする。

〝血の疾風団〟は有名な冒険者パーティーであり、数々の高難易度の案件を達成した伝説的な六人組だ。その中の一人が〝鬼戦斧〟と呼ばれていた戦士、現役時代のゼノスである。

現役時代の彼のことをオレは知らないが、〝鬼戦斧〟の二つ名は今でも王都では有名なのだ。

「ふん。どうやら紹介状は本物らしいな。だが冒険者ギルドランクFも本当らしい。そんな低ランクで、ウチからの仕事を受けられると思っているのか!?」

「はい。問題はありません。当ギルドは〝ここ最近〟の達成度は１００％です。大船に乗ったつもりで依頼してください！」

半信半疑なガメツンに向かって、オレは自信満々に答える。隣でマリーが口をパクパクさせながら『フィ、フィンさん!?　そんな大見得を切って大丈夫なんですか!?』と、慌てているような気がする。

だからオレも目で合図しながら『大丈夫です、オーナー。ここ一ヶ月のウチの依頼成功率は間違いなく100％です』と答えておく。

これは嘘でも方便でもない。オレが働く前のボロン冒険者ギルドでは、依頼を一件も出していない。つまり直近の一ヶ月間の依頼はライルとエリンの一件のみ。つまり成功率は本当に100％なのだ。

ちなみに女魔術師エレーナのバリン草の採取は、まだ続行中なのでギルドの経理上はカウントしないのだ。

「直近で100％の成功率だと？　たいした自信だな、兄ちゃん？　それが嘘だったら、生きては帰れないぞ？」

冒険者ギルド依頼の成功率は、高くても60％しかない。だからガメッツンは静かな声で、でも殺気を込めて睨んできた。

隣のマリーが『ひっ!?　私たち埋められちゃう!?』と小さく悲鳴をあげて、身体をプルプル震わせている。

「嘘ではありません。それは〝賢いガメッツンさんたち〟なら、当ギルドの依頼達成率をわかっている、と思いますが？」

「……」

オレの指摘に、ガメッツンは急に口を閉じる。後ろの部下に視線を向けて、何かを確認していた。

盗賊ギルド側は何やらざわついていた。

「フィ、フィンさん、どういう意味ですか、今のは？」

「ここは盗賊ギルドの支部の一つ。我々の情報も、相手にとっては手に取るようにわかる、という意味です」

大都市を縄張りとする盗賊ギルドにとって、一番大事なものは〝情報〟。いたるところにスパイや諜報員を潜ませていて、常に最新の情報を集めているのだ。

そんな彼にとって『弱小冒険者ギルドの直近の達成率』を調べることなど容易《たやす》い。おそらくオレたちが上で名乗った時には、既に他の盗賊ギルドメンバーが裏で調べ始めたのであろう。

だが、音声通信が可能な魔道具を使い、ボロン冒険者ギルドの情報を調査していたに違いない。

そこで仕入れた情報は、すぐにこの支部の担当者のガメッツンに報告される。

つまり少し遅れて入ってきたガメッツンは、部屋に入ってくる前には、すでにボロン冒険者ギルドの情報を仕入れていたのだ。

だがガメッツンはあえて知らない顔で、こちらのギルドランクを訪ねてきた。相手の口から低ランクFであることを言わせて、交渉においてマウントを取ろうとしてきたのだ。

「えっ……この短時間で、ウチの情報を!?　そんなことが可能なんですか!?」

「そうですね。彼らが本気を出したら、国王の今日の下着の色すら、知ることが可能でしょう」

「厳重な城の中の、そんな情報まで!?」

マリーは信じられない表情で驚いているが、盗賊ギルドの情報収集能力は桁が違う。彼らにとっては情報こそが、何よりも価値があるのだ。

「なるほど。あの〝鬼戦斧ゼノス〟が紹介するだけのことはあるな。ボロン冒険者ギルドのフィンか」

オレの予想は当たっていた。まだ名乗っていない『フィン』の名を呼んできたガメッツンが、それを物語っていた。

「お褒めの言葉ありがとうございます。たしかに今はギルドランクFですが、将来的には更に上がる潜在能力があります。ですから安心して、今回の依頼をお聞かせください！」

交渉の場においては、ある程度ハッタリも必要。自信に満ちた笑顔で、話を勧めることを提案する。

「ああ、そうだな。それじゃ、さっそく本題に入るとするか。実は……」

どうやら盗賊ギルド幹部のガメッツンから、ある程度の信頼を得られたのであろう。相手の話を聞くことになった。

「今回、あんたらに頼みたいのは『ある建物の除霊』だ」

ガメッツンは一枚の紙をテーブルに置く。王都の高級区画の地図で、一ヶ所に印がついていた。

ここが、依頼の建物がある場所なのだろう。

「理由は話せないが、ここに陣取る〝ある生霊〟を冒険者に除霊して欲しい。あんたらギルドに支払う解決料金は３，０００万だ」

「さ、さんぜん万ペリカも!?」

一緒に聞いてマリーが、思わず声を上げる。なぜなら普通の冒険者ギルドには、それほどの大金の依頼は滅多にこないからだ。

予想外の依頼金にマリーは喜びながら、『えっ、でも、フィンさん、これって、大金すぎてヤバイ依頼なんじゃないですか、もしかして!?』と、そんな顔で混乱している。

「どうする、受けてくれるか？」

「……はい、たしかに承りました。解決のために全力を尽くします」

だがオレはすぐに依頼を受諾する。依頼受注書にサインをして、正式に公共依頼を受ける。

「これが盗賊ギルドの証だ。屋敷の見張りの連中に見せたら、スムーズに中に入れる」

「なるほど。わざわざ、ありがとうございます」

ガメツンから預かったのは盗賊ギルドの証。目的の屋敷の周囲には、常に盗賊ギルドのメンバーが滞在しているという。屋敷の敷地内に入るためには、この証が必要なのだ。

「それでは失礼します。では、いきましょう、オーナー」

「えっ、フィンさん!?　ちょ、ちょっと、待ってください!?」

高額すぎる依頼にまだ混乱しているマリーと共に、地下室から地上に向かう。帰りも特に問題は起きない。無事に盗賊ギルドの建物を後にする。

「さて、行きましょう、オーナー」

そのまま貧民街《スラム》を歩きながら、王都の中央区画へと向かう。

「フィ、フィンさん、待ってください。今回の依頼は、本当に受けてよかったんですか!?　明らかに怪しい点が多すぎますよ!?」

周囲にひと気がないことを確認して、歩きながらマリーが訊ねてきた。内容は先ほどの盗賊ギルドからの依頼についてだ。

「どうして〝除霊〟なんて簡単な仕事で、3，000万ペリカなんて大金が貰えるんですか!?　聖教会に直接依頼しても、お布施の10万ペリカ程度で済むのに!?　どう考えても怪しいですよ!?」

彼女が一番に疑問に思っているのは、依頼内容の簡単さと、金額の高さのアンバランスさについて。

たしかに彼女の指摘のとおり、除霊は聖教会に直接依頼したら10万ペリカで済む。相場の三十倍も高額な依頼金を、明らかに不審がっているのだ。

「たしかに、そうですね、オーナー。ですが盗賊ギルドの彼らは、聖教会に直に除霊を依頼できないのです」

「えっ、直に依頼できない、ですか!?」

「はい、そうです。王都の盗賊ギルドと聖教会は、昔から〝犬猿の仲〟ということです」

王都には大きな組織が何個もある。代表的なものは冒険者ギルド協会や商業ギルド、工業ギルドなど公な機関だ。

そんな中でも特に権力が大きく、常に対立しているのが盗賊ギルドと聖教会の二つだ。

「両者は〝王都の権利がらみ〟で揉めているので、盗賊ギルド側から表立って依頼はできないのです」

この二つのギルドが常に対立しているのは、互いの利権の範囲が微妙に被っているから。盗賊ギルドは王都の〝場所代〟や〝用心棒代〟など、形の無い利権で大きな収入を得ている。

一方で聖教会も『地域や建物を守る〝加護代〟』という形の無い利権で、大きな収入を得ていた。名前は聖教会だが、やっていることはけっこう強引な団体なのだ。

「つまり両団体は営業上のライバル関係……というわけです」

結果として、両者は常に対立している状態。そのため盗賊ギルドは聖教会に直に除霊を頼めないのだ。

「なるほど……そういうことだったんですね。随分と面倒くさいんですね、大きな組織も。それに私たち市民の知らないところで、色んな利害関係があるんですね」

「そうですね。言い方を変えると、『どちらも市民から金を巻き上げている団体』です。王都市民二十万人の〝パイの奪い合い〟状態になっているんでしょう」

顧客の奪い合いは、どうしても対立を産んでしまう。だから今回は少し遠まわしな方式で、中立に近い冒険者ギルドに依頼がきたのだ。

「そういうことだったんですね。納得がいきました！　……ん？　でも、待ってください、フィンさん！　そうだとしても、3，000万ペリカは高額すぎませんか!?　外注するにもケタが違いすぎませんか!?」

「たしかに、そうですね。オレの勘では、おそらく今回の依頼には、他にも〝裏〟があります」

「えっ、裏……ですか？」

冒険者ギルドの
チート
経営改革
魔神に育てられた事務青年、無自覚支援で大繁盛1
ハーナ殿下
イラスト ももいろね
初回版限定
封入
購入者特典
特別書き下ろし。
フィンのとある休日
EARTH STAR NOVEL

物は近づいただけで発火してしまう。耐火性のある魔物ですら避けている、ここは死の池なのだ。

その証拠に温泉の端には〝何か巨大な骨〟が浮かんでいる。おそらくは足を滑らした魔獣が焼死した痕跡なのだろう。

「ふう……いい湯だな。こうして温泉に入っていると、師匠のことを思い出すな」

フィンが〝少し熱い〟温泉に入る習慣があるのは、育ての親である師匠の影響。幼い時から同じように熱めの湯で、身体を洗ってもらっていたのだ。

「さて、長風呂はあまりよくないと聞く。そろそろ上がるとするか」

本当は一日中でも長風呂をしていられるが、今の自分は社会人だ。体調管理は社会人として大事な仕事の一つなのだ。

「ふう……いい湯だったな。ここは八十点にしておこう。来週も名湯に出会えるといいな」

温泉入浴は数少ないフィンの趣味の一つ。大陸各地の秘境にある〝少し熱め〟の温泉を探すのが、休日のフィンの何よりの楽しみだったのだ。

「さて、身体もリフレッシュできたから、明日からの仕事にも精を出せるな。あっ、そうだ。いつかオーナーたちも温泉に誘ってみるか？　もしかしたら社員旅行や顧客サービスにも使えるかもしれないし」

こうしてフィンの尋常ではない休日が、何事もなかったかのように終わるのであった。

「はい。先ほどのガメツンさんの言葉にヒントがありました」

依頼内容を話す時、ガメツンは『理由は話せないが、ここに陣取る〝ある生霊〟を除霊』と言ってきた。その中で特に気になったのは『理由は話せない』という言葉があった。

つまり今回の除霊は、〝普通の悪霊〟を除霊する内容ではないのだ。

「あっ、そう言われてみれば、たしかに!?　でも、どんな裏なんでしょう……大きな権力を持つ盗賊ギルドが、3，000万ペリカなんて大金で、依頼してきた裏のある除霊は？　あっ、ヤバそうな予感しかしないです……」

ようやく事情を理解してマリーは、顔色が悪くなる。『大金に釣られて、とんでもない依頼を受けてしまった』と、そんな後悔の表情だ。

「フィ、フィンさん、どうしましょう……やっぱり、今から断った方が、いいんじゃ!?」

「まだ断念するには早すぎます。まずは調査をしてみましょう」

「えっ、調査……？　なんの、調査ですか？　まさか……」

「はい、もちろん今回の〝除霊の相手〟についてです。あっ、この屋敷ですね。着きましたよ、オーナー」

話しながら歩いていたら、目的の場所に到着していた。オレたちの目の前に、高い塀に囲まれた屋敷がある。ガメツンから貰ってきた地図によると、この塀の中に目的の屋敷があるのだろう。

「えっ!?　いつの間に!?　ちょっ、ちょっと、待ってください、フィンさん!?　貧民街《スラム》からこの屋敷の区画まで、なんで、こんな短時間で到着しているんですか、私たち!?」

マリーが驚くのも無理はない。盗賊ギルドがあった場所から、ここまでは徒歩では本来、一時間以上はかかる。

だがオレたち二人は数分歩き、話をしているだけで、到着していたのだ。

「時間がもったいなかったので、実はオレの方で〝短縮〟しておきました、オーナー」

冒険者ギルドの職員として、スピーディーな調査は重要。オレは支援魔法の一つで、移動時間を短縮しておいたのだ。

「えっ？　はい？　〝移動時間の短縮〟……ですか!?　そんなの聞いたことないんですけど、わたし!?」

マリーが何か叫んでいるが、あまり気にしないで調査の仕事に取りかかる。

「あっ、あそこが門ですね。では屋敷の中にいきましょう、オーナー」

「ちょ、ちょっと、待ってください、フィンさん!?　置いていかないで!?」

「ここが正門ですね。中もかなりな規模ですね、ここは」

指定された屋敷は、かなり高い塀に囲まれていた。中に入るために、正門を通る必要がある。

正門の前には、三人の強面の男がたむろしていた。

「ん？　おい、そこの二人、止まれ」

「この屋敷には近づかない方が、お前らの身のためだぜ」

三人は盗賊ギルドのメンバーなのだろう。明らかに雰囲気が素人ではない。鋭い口調と目つきで警告してきた。

「お仕事、ご苦労様です。我々はボロン冒険者ギルドのフィンという者で、ガメツンさんから依頼を受けてきました。これが証明証です」

事情を説明しながら、ガメツンから預かった盗賊ギルドの証を見せる。両手を上げて、あくまでも敵意はないことを示す。

「ん？　ガメツンさんから紹介の冒険者だと？」

「証は本物っぽいな？　おい、念のために確認しろ」

何やら小さな道具に向かって、男の一人が話しはじめる。形状的に通信用の魔道具だろう。かなり高価な貴重品だが、盗賊ギルドの財力なら問題ない品だ。

あまり遠距離では使えないが、王都くらいの中なら音声で瞬時に通信が可能な便利な魔道具だ。

「おい、ガメツンさんに確認したが、どうやら本物らしいぞ」

「そうか。それなら通すか」

「だが『なんで、こんな短時間で到着しているんだ、その二人は!?』ってガメツンさんは驚いていたぞ」

「なんだと？　とにかく確認は取れたから、コイツらを通すぞ」

どうやら幹部ガメツンに確認が取れたらしい。見張りの男たちは正門を開けてくれる。

さて、さっそく中にいくとしよう。

「ん？　ところで兄ちゃん、あんたら二人だけか？」

「他に聖魔法の使い手や、神官の仲間はいないのか!?」

「いや、もしかしたら、そっちの銀髪の嬢ちゃんが、《聖女級》の凄い神官とかか!?」

見張りの男たちは、真剣な表情で訊ねてきた。おそらくオレたちのことを冒険者だと、勘違いしているのだろう。

「いえ、彼女はなんの神聖魔法も使えない、普通の経営者です。そして私も普通の事務員で冒険者ではありません。今回はあくまで事前調査に来ただけです」

冒険者ギルドの仕事では小さな勘違いが、大きな騒動に発展してしまう時もある。勘違いしていた三人に、改めて自己紹介しておく。

「な、なんだと、冒険者ギルドの事務員と経営者だと!?」

「悪いことは言わねぇ!? だったら、この屋敷の敷地内に入るのは止めておけ!」

「屋敷の中は〝あの方〟の……いや、〝ヤツ〟のテリトリーだ! 入っただけで死んじまうぞ!」

腕利きの冒険者ではないと知って、見張りの男たちの表情が一変する。かなり強い口調で忠告してきた。

「ご忠告ありがとうございます。ですが我々も冒険者ギルド職員のプロ。発注する前に綿密な調査をする必要があるのです」

だがオレは忠告を断る。なぜなら〝調査〟はギルド職員として、とても重要な仕事。

冒険者ギルドの職員の仕事は多岐にわたるが、その中で特に重要なのが『依頼の難易度の制定』をすることだ。

冒険者ギルドには一般人や公の機関から、色んな依頼が舞い込んでくる。そして登録冒険者に依頼する前に、ギルドでは『依頼の難易度の制定』をする必要がある。

『依頼の難易度』は最低の《難易度F》から、《最高難易度S》まで七段階まで。ギルド職員は依頼の難しさに合わせて難易度を制定して、適切な登録冒険者に声をかけていくのだ。

ちなみに前回、ライルとエリンに出した『依頼：《究極万能薬《エリクサー》》の素材を1，000万ペリカで買い取る』は、けっこう簡単な内容なので《難易度F》にしたもの。冒険者ギルド協会の特別な資格を持つオレが認定したのだ。

「というわけで、では、調査にいってきます」

見張りの男たちは『なんて肝の据《す》わったヤツだ……』『ああ、ありゃ、地獄を見てきた男だな』と驚いた顔で見送ってきた。

「フィ、フィンさん、ちょっと、待ってください！　屋敷の中に入って、本当に大丈夫なんですか!?　あんな強面な人たちが『入っただけで死んじまうぞ！』って、怯えているんですよ!?」

後を付いてきながら、マリーは声を震わせていた。先ほどの見張りの男たちの言葉に、彼女は過剰に反応しているのだろう。彼女の足取りは明らかに重い。

「はっはっは……心配は無用です、オーナー。今回はあくまでも『事前調査』だけです。何も『除霊を我々で行う』わけではありません。それに事前調査をちゃんとしておかないと、『依頼の難易度の制定』もできません。そうなると3，000万ペリカも水の泡となってしまいますよ？」

「さ、3，000万ペリカが水の泡に!?　そ、それはマズイわ！　さ、さぁ、行きましょう、フィンさん！」

冒険者ギルドの再建を願う経営者マリーは、お金の話にかなり敏感。急に足が軽くなり、屋敷に向かいだす。

こうした気持ちの切り替えは、冒険者ギルドの経営者として優れた資質。やはりマリーは将来的に、かなり大物なギルド経営者になる気がする。

そんなことを話しながら、オレたちは屋敷の中庭を進んでいく。

「ん？　あそこが玄関のようですね、オーナー」

しばらく進むと屋敷の全体が見えてきた。三階建ての豪華な屋敷が全貌を現す。

「うっ……こうして目にすると、更に不気味すぎる。それに、どうして、こんなに薄暗いのかしら？　今はまだ昼間なのに!?」

マリーの指摘の通り、屋敷の周囲だけ夕方のように薄暗くなっていた。屋敷を被《おお》う〝不可解なオーラ〟によって、陽の光が遮《さえぎ》られているような雰囲気だ。

「〝厄介な悪霊〟がいる場所は、たまにこうした現象が起きるんですよ、オーナー」

「えっ!?　〝厄介な悪霊〟がいる場所、ですか!?」

「はい。だからあまり気にしないで中の調査をしましょう」

「ちょ、ちょっと、フィンさん!?　こんな不気味な所に私を置いていかないでよ!?　ちょっとー!?」

屋敷の正面の扉を開けて、玄関ホールに足を踏み入れる。中の様子を確認していく。

「うっ……外観も不気味だったけど、建物の中はもっとヤバイ雰囲気ですね、これは……」

一緒に付いてきたマリーは、玄関ホールの不気味な雰囲気に、言葉を失っていた。

彼女の感じている通り、屋敷の内部はかなり異質な雰囲気。重い負のオーラが更に強くなっている。

「でもオーナー、屋敷の中は、意外と整備されていますよ」

「あっ、本当だ!?　お化け屋敷はもっとボロボロなイメージなのに！　どうして!?」

よく見てみると、屋敷の中はかなり整っていた。つい最近まで人が住んでいたような雰囲気だ。負のオーラさえなければ、かなり立派で手入れがされている屋敷なのだろう。

「どうやら少し前まで誰か住んでいたようです。なるほど。段々とわかってきました、今回の依頼の事情が」

「えっ、どういう意味ですか、フィンさん!?」

「説明するのはもう少し調査してからです。あっちに行きましょう。たぶん、この〝屋敷の主〟がいるはずです」

「えっ、〝屋敷の主〟!?　それは、どういう意味ですか!?　って、置いていかないでください、フィンさん！」

今は説明するよりも、調査をすることが先決。怯えながら質問するマリーは無視して、屋敷の奥に向かっていく。オレの勘的には奥に〝屋敷の主〟がいるはず。

しばらく二人で廊下を歩いていくと、一番奥にひときわ豪華な扉が見えてきた。

「建物の造り的に、たぶん、この部屋の中に〝屋敷の主〟がいます」

「うっ……この禍々《まがまが》しい重い感じは……よくわかりませんが、この部屋の中に、とてもヤバイものがいる気がします」

扉の前に立ち、マリーの顔色が悪くなる。かなり負のプレッシャーを感じているのだろう。

「で、でも頑張らないと。ギルド再建のために……3，000万ペリカをゲットするために……」

それでも逃げ出さないのは、冒険者ギルドのオーナーとしての資質だろう。何やらブツブツ小声でつぶやいていて妙だが、度胸はたいしたものだ。

「ん？　と、というか、フィンさん。よく考えてみるとギルド職員の調査って、ここまでやる必要があるんですか？」

「はい、もちろんです。ギルドの掲示板に依頼を張り出す時に、対象の相手がわからないのは、依頼とは言えないじゃないですか、オーナー？」

冒険者ギルドの仕事は『受注した依頼を、そのまま冒険者に依頼する』ことではない。

大事なのは下準備。事前に綿密に調査をして、情報を細部まで集めていく。難易度を設定して、的確な登録冒険者に依頼を出す。

一般の市民は気がつかないが、そうした陰ながらの調査と努力があってこそ、冒険者ギルドの経営は成り立っているのだ。

「そ、そう言われてみれば、たしかに一理ありますね。でも、お祖父ちゃんは、そこまでやっていなかったような気もするけど……」

「きっと、ボロンさんは孫たちに努力を見せない方だったのでしょう。さて、部屋の中も調査しましょう」

「あっ、待ってください、フィンさん!?」

重厚な扉を開けて、部屋の中に入っていく。部屋はけっこう広い。

中央にソファーとテーブルが置かれ、奥には仕事机も置かれている。ここはおそらく屋敷の主の執務室だったのだろう。

「フィ、フィンさん……あ、あそこに誰か、いますよ!?」

マリーは声を震わせながら、薄暗い執務室の奥を指差す。

そこに立っていたのは、ローブを着た一人の老人。後ろ向きでフードを被っているので、顔はよく見えない。

『ほほう？　この屋敷に入ってこられて、ワシの〝この姿〟を見ても気がふれないとは、ただ者ではないな、お前たち？』

老人は大陸共通語ではあるが〝人とは違う不気味な声質〟を発しながら、ゆっくりと振り返ってきた。

「フィ、フィ、フィンさん、あの人……顔が!?」

振り返ってきた老人の顔を見て、マリーは腰を抜かす。

なぜならローブの下にあったのは、人ならざる骸骨《がいこつ》面。下級アンデッドのスケルトンとは明らかに違う異形の顔だ。

「この人は実体のある霊……もしかしたら〝不死王《リッチ》〟かもしれませんね」

「えっ……〝不死王《リッチ》〟、まさか、あの魔物辞典に載っている、超危険な!?」

魔物辞典によると〝不死王《リッチ》〟は超上級者アンデッド。高ランク冒険者パーティーでも苦戦する強敵だという。

「こんな王都の真ん中で、まさかの〝不死王《リッチ》〟が!? フィ、フィンさん、逃げましょう! って、足が動かない!?」

逃走しようとしたマリーの様子がおかしい。口は動くが足は石のように固まって、床から離れない様子だ。

『ふん。このワシ……〝不死王《リッチ》〟ガフィアンの屋敷に無断で入り込んで、無事に逃れられると思っていたのか? カッカッカ……』

ガフィアンと名乗ってきた〝不死王《リッチ》〟は、不気味な笑い声をあげる。

魔物辞典によると〝不死王《リッチ》〟の視線は、生ある者の動きを束縛する効果があるという。今回は逃げようとしたマリーに対して発動したのだ。

これはマズイ状況だ。なんとか解決をしないといけない。まずは穏便に対話を試みる。

「ガフィアンさん。挨拶が遅れましたが、我々はボロン冒険者ギルドの職員です。今回は盗賊ギルドから依頼を受けて、ここに事前調査にまいりました」

ガメツンから預かった盗賊ギルドの証を見せつつ、〝不死王《リッチ》〟ガフィアンに事情を説明する。

今回は無断で屋敷に入ったのではない。だからマリーの拘束を解いて欲しい、と伝える。

『なんじゃと!?　冒険者ギルドの事前調査だと？　そうか、奴らは自分たちの手で負えなくて、冒険者ギルドごときに依頼をしたのか。まったく情けない連中じゃ』

　こちらの説明を聞いて、ガフィアンは不機嫌な顔になる。

　いや、厳密にいえばフードの下にあるのは、骸骨面で表情はない。だが盗賊ギルドの幹部に対して、明らかに嫌悪感を発していた。

「そちら側にも事情はあると思います。ですが、ここで争っても解決にはなりません。そこで申し訳ありませんが、うちのオーナーの拘束を解放してくれませんか？」

　基本的に冒険者ギルドは依頼人の事情を、深く探らないのがマナーとされている。

『カッカッカ……今のワシを何だと思っておるのだ!?　不滅不死の究極の存在となった〝不死王《リッチ》〟ガフィアン様だぞ！　キサマらのように勝手に屋敷に入り込んできた虫けらを、許すと思っていたのか!?』

　ガフィアンの口調が急に強くなる。もしかしたら怒りをかってしまったのかもしれない。

　相手の全身から負の魔力が発せられ、屋敷全体が地震のように揺れていく。

「ひっ!?　地震が!?　わ、わたしのことはいいので、フィンさんだけでも逃げてください！　その代わりレオンとギルドの再建のことはお願いいたします……」

　死を覚悟したマリーは、弟とギルドのことを託しながら涙目で見つめてきた。

『カッカッカ……二人とも逃がしはせんぞ！　魂ごと消滅させてくれるぞ！　《暗黒死滅《デス・クリムゾン》》！』

　だがそんなマリーの想いを打ち砕くかのように、ガフィアンは暗黒魔法を詠唱。あれはたしか対象者の肉体と魂を、地獄の瘴気《しようき》で打ち砕く魔法だ。

「ひっ!?　お祖父ちゃん、レオン、ごめんなさい……」

死を覚悟したマリーは、小さく悲鳴をあげた。大事な家族の名前を呼んで、瞳を閉じる。

これから自分が味わう地獄の痛みに対して、覚悟を決めていた。

「………ん？」

だがマリーが地獄の痛みを感じることは、永遠になかった。不思議に思った彼女は、おそるおそる目を開けて、自分の身体と周りを確認する。

「えっ……生きている、わたし？　もしかしたら〝不死王《リッチ》〟が温情で魔法を止めてくれた？　って、違う!?」

元凶である〝不死王《リッチ》〟に視線を向けて、マリーは驚きの大きな声をあげる。

なぜなら相手の様子が豹変。幾重もの漆黒の鎖によってガフィアンは拘束されていたのだ。

『な、なんじゃ、この鎖は!?　どうして、《暗黒死滅《デス・クリムゾン》》が発動できん!?　なぜ、ワシの身体が動かないのだ!?』

驚いていたのは〝不死王《リッチ》〟ガフィアンも同じ。まったく動けなくなった自分の状況に、初めて動揺した声でもだえていた。

「ガフィアンさん、それは【不死拘束《アンデッド・アクセサリー》】といいます。申し訳ありませんが、あなたの力の八割ほどを減退させていただきました」

ガフィアンを漆黒の鎖で拘束した犯人はオレ。

《暗黒死滅《デス・クリムゾン》》でマリーに危害を加えようとしていたから、仕方がなく対アンデッド用の魔法を、無詠唱で発動したのだ。

『【不死拘束《アンデッド・アクセサリー》】だと!? そんな特殊魔法を人族ごときが使えるはずはない!? これは何かの間違いだ！　くっ……こうなったら……破壊してやる！』

現実を受け入れないガフィアンは、無理やり暗黒魔法を発動しようとする。

だが【不死拘束《アンデッド・アクセサリー》】の拘束力は絶対。このままでは魔力が暴走して、ガフィアンは自爆してしまうだろう。

「今はまだ死なれては困ります。【不死拘束《アンデッド・アクセサリー》・強化】」

ガフィアンに自爆されたら、冒険者ギルドとして依頼が出せなくなってしまう。相手をおとなしくさせるため、オレは【不死拘束《アンデッド・アクセサリー》】を更に強化。〝不死王《リッチ》〟の力の99％以上を封じ込める。

『………』

ほとんど力を封じ込められ、ガフィアンの動きが止まる。もはや言葉を放つこともできず、魔力を集中することも不可能。俗に言う置物状態になった。

ふう……これで他人に危害を加えることは、二度とできないだろう。

なんとか一安心だ。

「さて、事前調査が終わりました。一回、ギルドに戻りましょう、オーナー?」

「へっ?　い、今、な、何が起きたんですか、フィンさん?」

「説明はギルドに戻ってからします。それよりも今は登録冒険者に、今回の浄化の依頼を出しましよう」

「へっ？　はい？　ん？　って、フィ、フィンさん、置いていかないでください！」

色々あったが事前調査は無事に終了。オレたちはボロン冒険者ギルドに戻ることにした。


その後の話となる。

ギルドに戻ったらライルとエリンの二人組が、ちょうどギルドに顔を出していた。エリンは見習い神官で、初級の浄化魔法も使える。これはナイスタイミングだ。

「……という簡単なアンデッドの浄化の仕事があります。よろしくお願いいたします」

「はい、任せて、フィンさん！」

そんな感じでその日のうちに置物状態となったガフィアンを浄化してもらう。

「えっ……超危険なアンデッドの〝不死王《リッチ》〟の浄化が……こんなにも簡単に終了……したの？　えっ？」

事務所でマリーがまた変なことを言っている。だがいつものことなので気にしないでおく。

こうして今回の依頼は無事に完了するのであった。

◇　◇　◇

翌日。

〝不死王《リッチ》〟の討伐が無事に終わり、依頼主の盗賊ギルドに報告することにした。

今日もマリーと二人で訪問。昨日と同じ地下室に案内された。担当者のガメッツンに今回の件について報告していく。

「……という訳で、依頼は、このように無事に完了しました。こちらが報告書です」

今回は相手の希望で、あまり深く詮索しない。そのため『アンデッド〝不死王《リッチ》〟浄化』の簡単な報告書だけを提出する。

「…………」

報告書を流し読みし、ガメッツンは無言だった。眉間にしわを寄せながら、複雑な表情をしている。もしかしたら報告書の書き方に、何か問題でもあったのだろうか？

「いや、報告書は特に問題ない。現場も今朝、オレもこの目で確認してきた。〝問題のアンデッド〟も無事に浄化されていた。仕事は完璧だ……」

ガメッツンは報告書を閉じて、神妙な表情になる。そして言葉を続けていく。

「だが、あんな危険な相手を、〝たった半日〟でどうやって浄化したんだ、フィン？　見張りの話では『どう見ても駆け出し冒険者二人が、昨日屋敷に入っていって、何事もなく出てきた』らしい。だがオレも素人じゃねぇ。あの屋敷にいたアンデッドは、駆け出し冒険者の手に負えるレベルじゃねぇはずだ？」

盗賊ギルドが確認した冒険者は、ライルとエリンの二人組だ。

昨日何が起きたのか？　ガメツンは真実を知りたがっているのだ。

「申し訳ありません、ガメツンさん。〝その辺〟は〝企業秘密〟ということで、教えることはできません。盗賊ギルドさんにも色々あるように、冒険者ギルドにも色々あるんです」

今回、事前調査でオレが【不死拘束《アンデッド・アクセサリー》】で、〝不死王《リッチ》〟ガフィアンの力を99％以上弱体化させた。

これはマリーを守るための咄嗟《とっさ》の判断だった。

だが本来、ギルド職員が依頼に介入するのは、あまり好ましくないこと。倒してはいないからグレーな方法だった。だから〝企業秘密〟ということで言葉を濁しておく。

「企業秘密か……そうだな、お互いに詮索はなしだな。さて、それじゃ、これが約束の３，０００万ペリカだ。確認してくれ」

諦め顔でガメツンは部下に金を用意させる。こちらに渡されたのは、一枚１００万ペリカ硬貨が三十枚。魔道白銀で作られた特別な高額硬貨だ。

「はい、たしかに。間違いありません。こちらが受取証。これで今回の依頼は完了ですね。それでは失礼します」

金を受け取りマリーと席を立つ。盗賊ギルドは内部のことを知られるのを極端に嫌がる。仕事が終わったら、さっさと立ち去るのがマナーなのだ。

「あっ……ちょっと、待ってくれ、フィンさんよ」

地下室を出ていこうとした時、ガメツンが声をかけてくる。『さん付け』で何やら、今まで雰囲気が違う。どうしたのだろうか？

「また、あんたを指名して、仕事を発注していいか？」

「はい、もちろんです。いつでもよろこんで飛んでまいります！」

「ああ、そうか。その時はよろしく頼むぞ。食えねえ兄ちゃんよ」

どうやら今回の仕事の出来が、先方には気に入ってもらったようだ。ギルド職員としては有りがたいこと。

深くおじぎをして、盗賊ギルドを立ち去っていく。


「ふっ、ふう……やっぱり緊張しましたね、あそこは……」

貧民街《スラム》を抜けたところで、同行者マリーが口を開く。どうやら今まで緊張で口を閉じていたらしい。

今まで口を開かなかった分、疑問を口に一気に出してきた。

「そういえばフィンさん。今回の事件は不思議でしたね。どうして盗賊ギルドは、あんな〝不死王《リッチ》〟の浄化を、依頼してきたんですかね？」

彼女がずっと一番気にしていたのは、〝不死王《リッチ》〟ガフィアンの件。

普通、盗賊ギルドはアンデッドの浄化は頼んでこない。特に〝不死王《リッチ》〟という特殊なアンデッドだったことが、マリーは引っかかっているのだろう。

「なるほど、その件ですか。これはオレの独り言なので、聞き流してください、オーナー。実は今から二週間ほど前、王都の盗賊ギルドの大幹部の一人が、不慮の事故で亡くなりました。その人の名は〝ガフィアン〟だったという噂です」

「えっ!? それって、つまり、あの〝不死王《リッチ》〟は盗賊ギルドの大幹部の人だったの!? でも、どうして盗賊が〝不死王《リッチ》〟になっていたんですか!?」

魔物辞典によると、〝不死王《リッチ》〟は高度な知識と知恵を兼ね備えた賢者が、自らの意思でアンデッド化した特殊な存在とされている。

一般的に盗賊には魔法のイメージがない。その点をマリーは不思議がる。

「実は盗賊ギルドの中には、〝呪術毒薬〟を研究する特殊な部門があります。おそらくガフィアンさんは生前、その部門の専門者だったのでしょう」

一般的には知られていないが、盗賊ギルドには大きく分けて八つの部門がある。その中には魔術師のように〝呪術毒薬〟を研究している部門もあるのだ。

そして〝呪術毒薬〟部門に属する者たちは、特殊な技術と知識を有している。彼らは盗賊ギルドのメンバーでありながら、魔法にも呪術にも精通。専門家であるガフィアンは、〝不死王《リッチ》〟化する方法を入手。自らを〝不死の王〟たる身体に、変えてしまったのだろう。

「そ、そういう部門もあったんですね、意外です。ん? ということは、今回は盗賊ギルド内で何か問題が起きていた、んですか?」

「そうですね。ここ一ヶ月間、王都の盗賊ギルドの大幹部同士で、派閥争いが起きていたようです。ガフィアンさんが、〝不死王《リッチ》〟化したのも、それが原因なのでしょう」

王都の盗賊ギルドは一つしかないが、内部は複数の派閥に別れている。特にここ一ヶ月間、ある大きな派閥の『跡目争い問題』が起きている、とオレは小耳に挟んでいた。

おそらくガフィアンは自分の派閥を守るために、〝不死王《リッチ》〟化したに違いない。

だが盗賊ギルドメンバーが、〝不死王《リッチ》〟化したなど前例がない。そのため他の大幹部たちはガフィアンを始末したかった。

「そして刃物や毒が通じないアンデッドは、盗賊の天敵みたいな存在ですからね」

始末したいが盗賊ギルドは、アンデッドの専門家ではない。またアンデッド化したとはいえ、ガフィアンさんは盗賊ギルド大幹部。メンバーの誰かが手を出してしまったら、更に揉め事が起きてしまう。

そのため公共依頼を掲げることで『何も事情を知らない冒険者ギルドが、屋敷を占拠していたアンデッドを浄化してしまった』ということに、盗賊ギルドはしてしまったのだろう。

「えっ？　それって、つまり私たち冒険者ギルドが利用された……ということですか？」

「たぶん、そうですね。あと３，０００万ペリカという高額な依頼金には、間違いなく口止め料も含まれていたのでしょう」

一般的な相場でも、〝不死王《リッチ》〟の浄化はそんなに高額ではない。つまり盗賊ギルド側からの警告も、依頼料に含まれていたのだ。

「うっ……噂には聞いたことがある〝口止め料〟ですか。なんか怖いですね、大人の世界は……」

「そんなに怯えなくも大丈夫ですよ、オーナー。余計な詮索さえしなければ、盗賊ギルドは何もしてきません」

一般的に犯罪者集団のように思われているが、王都の盗賊ギルドは意外と義を重んじる組織だ。それにこちらが属する冒険者ギルド協会も、王都では大きな力を持っている。オレたちが敵対しないかぎりは、向こうから手を出してこないのだ。

「なるほど、わかりました。それにしてもフィンさんは随分、盗賊ギルドの内情に詳しいですね？」

「実は盗賊ギルドに知り合いがいまして、たまに相談に乗っていたんです」

「うっ……フィンさんの知り合いですか。嫌な感じしかしないので、これ以上は聞かないようにします。もう盗賊ギルドの内情はいいです」

「そうですか。それにしても今回の件でわかったのですが、魔物辞典の間違いを早く訂正してもらわないといけませんね」

歩きながらマリーと雑談をしていく。内容は魔物辞典の誤記載について。

「ん？　どういう意味ですか、フィンさん？　間違いとは？」

「いえ、〝不死王《リッチ》〟が危険なアンデッドと記載されていることです。オレの感覚では間違いなく低ランクな魔物のはずなんですが」

魔物辞典によると『〝不死王《リッチ》〟は超上級者アンデッド。高ランク冒険者パーティーでも苦戦する強敵』と書かれている。

だが何の才能もないオレですら、相手の力を封じ込めることが可能だった。感覚的に低ランクのアンデッドのスケルトンと同等くらいの実力しかないはず。つまり魔物辞典自体が間違っているのだ。

「うっ……やっぱり、そう感じていたんですね。あの超上級者アンデッドの〝不死王《リッチ》〟に、低ランクのスケルトンと同じ感覚で対応していたとは……はぁ……まったく、フィンさんという人はいったい……」

またマリーは何やらぶつぶつ言っている。いつものことなので気にしないでおく。

とにかく依頼は無事に完了。ボロン冒険者ギルドの初の公共依頼は無事に終わったのだ。

レオンが留守番するギルドに、二人で戻っていく。


ギルドの前に無事に到着する。

「ん？　なに、あの人だかりは!?」

だがマリーが驚きの声を上げる。

なぜならボロン冒険者ギルドの入り口に、見たこともないような数の人だかりができていたのだ。

いったい、どうしたのだろうか？

六章　繁盛の兆し

ボロン冒険者ギルドの入り口に、見たこともないような数の人だかりができていた。

「ん？　なに、あの人だかりは⁉　まさか借金取りの集団とか⁉」

まさかの光景にマリーが驚きの声を上げる。目を丸くして何事かと警戒していた。

「見た感じ危険はなさそうです。とりあえず中に入りましょう、オーナー」

人だかりは何かの順番待ちだった。職員のオレたちは非常口から中に入り、状況を確認することにした。

「あっ、フィンさん！　お姉ちゃん！　ナイスタイミング！」

帰宅したオレたちを見つけて、留守番のレオンが声を上げる。何やらかなり忙しそうに仕事をしていた。

「だ、大丈夫、レオン⁉　この人たちはなに⁉」

「この人たちは新規登録の希望者だよ！　さっき急に押し寄せて、対応に困っていたんだよ！」

「えっ、新規登録者⁉　どうして、こんなに沢山の人たちが⁉　しかも急に⁉」

「ボ、ボクもわからないよ。とにかく急に押し寄せてきたんだよ！」

二人が驚くのも無理はない。昨日まではボロン冒険者ギルドにいたのは四人ちょっとの登録者だけ。新規登録の希望者も現れなかった。

だが今は信じられない状況。登録希望の冒険者たちがギルドの中に入りきれず、外まで並んでいるのだ。

「二人とも落ち着いてください。今はとにかく、新規登録者の対応をするのが先です。まず三人で受け付けていきましょう」

「「は、はい！」」

客を待たせないのは、ギルド職員としての大事な仕事。三人で受付カウンターに立って、新規登録者の対応にあたる。

「当ギルドへ、ようこそ。……なるほど、登録を希望ですね。それでは少し話を聞いてもよろしいですか？」

前回のライルやエリンの時と同じように、オレは登録希望者たちから話を聞いていく。聞いていく内容は、今までどこかの冒険者ギルドに登録していたか？　それとも新規登録者か？　など現在の状況について。

「では冒険者カードを提出してください。移籍の手続きを行います」

別のギルドに登録していた者は、冒険者カードの確認をして再登録の作業。専用の魔道具を使うのでスムーズに作業を行える。

また新規登録者の場合は前回のライルたちと同じ。登録書にサインしてもらい、新しい冒険者カードを作成していく。

「登録ありがとうございます。登録が済んだ方は、そちらの依頼の張り出しを確認しておいてください。並んでいる方の登録者作業が終わったら、すぐに依頼も受けられます」

登録を終えた冒険者は、掲示板コーナーに移動してもらう。こうすることで行列が解消されて、人の流れの動線ができていくのだ。

「あっ、こっちが空きましたよ！　どうぞ！」

「次の方は、こちらにどうぞです！」

マリーとレオンも一生懸命に対応していく。オレが教えた方法で、二人とも丁寧に登録作業をしている。三人で登録作業を行うお蔭で、行列は段々と減っていく。

だが逆に増えていくのは、依頼書を張り出した掲示板の前。冒険者たちは思い思いの依頼書に狙いをつけていた。

「オーナーとレオン君、登録作業は任せます。オレは依頼の説明をしながら、依頼を発注してきます」

「「はい！」」

銀髪の姉弟は登録作業に慣れてきて、もう二人に任せても安心な様子。オレは次なる仕事に取りかかる。

「お待たせしました。それでは受けたい依頼があったら、こちらで受け付けます。あと依頼内容がわからない方は、お気軽に訊ねてください」

次なるオレの仕事は、冒険者に依頼を出すこと。新人の冒険者を優先的に、初級の依頼を出していく。

「……なるほど、その依頼が希望ですか。ですが、こちらの依頼も見てもらってもいいですか？この依頼の方が皆さんのパーティー構成には向いていると思います」

新人冒険者に対しては依頼を聞きつつ、適切な依頼を提案もしていく。

何しろ冒険者のパーティー構成は千差万別。戦闘系のパーティーもあれば、探索者や採取が得意なパーティーもあるのだ。

「なるほど、そちらの依頼が希望ですか。もしも、金銭的な希望があるのでしたら、こちらの依頼が今日はオススメです」

冒険者ギルドの職員の仕事は、ただ相手の要望を受けるだけではない。『その冒険者パーティーにとって今一番適切な依頼を見極め、角が立たないように提案する』ことも、重要な仕事なのだ。

「提案を受けてくれてありがとうございます。あっ、肩にゴミが付いているので、取ってあげますね。はい。ではお気を付けていってらっしゃい」

適切な依頼を出して、初心者の冒険者たちを見送る。

その時に『肩のゴミを取るフリをして、こっそり〝支援〟をかけておく』ことも、オレは毎回忘れない。

何しろ駆け出し冒険者は、まだ危険な依頼に慣れていない。彼らが安全に成功するように〝祈願〟するのだ。

こうした隠れた心遣いも、ギルド職員の仕事なのかもしれない。

「あっ、こちらの方なら、今すぐ登録できますよ！」

「その依頼ですね。えーと、はい、ありがとうございます。いってらっしゃいませ！」

三人で協力して対応をしている内に、ギルド内の冒険者の数はどんどん減っていく。登録が済み、依頼を受けて、次々とギルドを出発していったのだ。

しばらくして全ての対応が終わる、冒険者たちは全員出発済み。ギルド内にはオレたち職員しかいなくなった。

「ふぅ……ようやく終わったわね……」

「そうだね、お姉ちゃん……」

嵐のような業務が終わり、マリーとレオンは息を吐き出していた。慣れない仕事に全力投球で、精神的にも疲れているのだろう。

「お疲れ様です、二人とも。お蔭様でスムーズに対応できました」

疲れて座りこんでいる姉弟に、オレは冷たいお茶を差し出す。この言葉はお世辞ではなく、本当にこの二人は頑張ってくれた。

冒険者の登録と依頼出しの仕事は、二人は初めての経験だったはず。だがマリーは持ち前の元気の良さと行動力。レオンの頭の回転の速さで、必死に対応していたのだ。

「ありがとうございます、フィンさん！　ごくごく……うん、すごく美味しい！」

「ごくごく……ありがとう、フィンさん。本当に美味しいわね。あれ？　というか、こんなに冷たいお茶とコップは、どこから出したの？　って、それは聞かない方が、わたしの身のためね……」

オレが【収納】から取り出したお茶を飲んで、二人に笑顔が戻る。〝少しだけ元気になる魔法〟をかけてあるお茶だから、すぐ体力と気力が回復するだろう。

「ふう……それにしても随分と凄い申し込み希望者だったわね。どうして、いきなり急にあんなに来たのかしら？」

ひと息ついて、マリーは疑問を口にする。昨日まで当ギルドには、ほとんど申し込み希望者がいなかった。

だが今日になって、まる事件のように冒険者が押し寄せてきた。いくら頭を捻ってもマリーはどうしてもわからないのだ。

「たぶん原因は〝この紙〟です」

オレが二人に見せたのは一枚の紙。先ほど顔見知りの冒険者から、登録の対応をしながら貰ったものだ。

「えっ？　これって……うちのギルドの宣伝!?」

紙に書かれた内容を確認して、マリーは声を上げる。ボロン冒険者ギルドの住所や営業時間、長所などが書いてあったのだ。

「レオン、これ知っている？」

「うんうん。お祖父ちゃんの時もこんなのは無かったはずだよ、お姉ちゃん」

「そうよね……じゃぁ、いったい誰が？」

こんな宣伝チラシは今まで作成していない。隅々まで確認して、マリーは更に不思議そうな顔になる。

「あっ、もしかして、フィンさんが!?」

「いえ、違います。おそらく、これは外部の人が作ったもの。つまり〝紹介状〟ですね、オーナー」

「えっ、紹介状？　でも、いったい誰が？　何のために!?」

マリーが更に首を傾《かし》げるのも無理はない。紹介状の中には、製作者当人の名前が書かれていないのだ。

「この印を見てください。〝毒バラ〟の文様です。つまり、これは〝ハヤギン〟さんからの紹介状でしょう」

紹介状の下に小さく押されていたのは、見覚えがある〝毒バラ〟の印。名前は書かれていないが間違いなく、薬師ハヤギンの印だ。

「えっ、〝あの〟ハヤギンさんが、ウチの紹介を!?　でもどうして？」

「たぶん、登録冒険者が少なすぎるウチの現状を見て、気を使ってくれたのかもしれません」

先日、薬師ハヤギンは依頼を発注しにきた。その時にボロン冒険者ギルドの現状を知っていたはずす。

そこで彼女なりに気を使い、紹介状を独自に作成。知り合いの冒険者に渡して、結果として口コミで新規登録者がきたのだろう。

だが紹介状を渡しただけで、新規登録者が押し寄せるとは、相変わらず不思議な薬師だ。

「〝あの〟ハヤギンさんが紹介してくれたなら、今回の人数の多さは納得ね……」

「そうだね、お姉ちゃん。それに紹介状にはフィンさんのことを書かれているから、それも要因だったのかもね！」

マリーとレオンは何やら会話をしている。おそらくオレの知らないハヤギンの顔の広さを知っているのだろう。個人的なことなので、あまり深く聞かないでおく。

「あと、オーナー。紹介状は一種類だけではありません。こっちの紹介状はおそらくゼノスさんが書いたものです」

収集した紹介状は他にもあった。こちらには印は無いが、特徴ある文字からすぐにわかった。間違いなくゼノスの字だ。

「えっ、ゼノスさん、って、あの副理事長の!?　それも凄いわね！　って、いうか協会のお偉いさんが、一介の冒険者ギルドを紹介なんかして、大丈夫なの!?」

マリーが疑問に思うのも無理はない。基本的に協会は中立な立場で、一つだけの冒険者ギルドをえこひいきにするのはマズイ。他の冒険者ギルドからクレームが発生する危険性があるのだ。

「いえ、今回、その心配は不要だと思います。この紹介状の書き方からして、個人的にオススメしています」

ゼノスの書いた紹介状は、あくまでも〝元冒険者ゼノス〟としての内容で、副理事長としての効力はない。

だが腕利きの冒険者〝鬼戦斧ゼノス〟の知名度は、今でも王都で高い。彼に憧れる若い冒険者が、紹介を受けてウチに登録にきたのだろう。

「なるほど、そういうことだったのね。それでも、協会の副理事長に紹介されるなんて、大変なことになったわね……」

「そうだね、お姉ちゃん。きっとこれもフィンさんの今までの功績のお蔭だね！」

「それもそうね。どう見ても、ゼノスさんの『フィンさん推し』は半端なかったからね……」

またもやマリーとレオンは、何やら納得していた。特にレオンは尊敬の眼差しで、オレの方を見つめてくる。

「あら？　でも、この三種類目の紹介状だけは変ね？　誰のサインも印も押されてないわ？　いったい誰の紹介状？」

マリーは一枚の紹介状を手に取り、再び首を傾げる。彼女が指摘した通り、三種類目の紹介状には当人の印が何も無い。文字にも特に特徴はなく、判別は難しそうだ。

「その紹介状の犯人は簡単です。この文章を見てください、オーナー」

「この文章？　えーと、『我が永遠の友フィンが、新たなるギルドに！　最強を目指す全ての冒険者よ、ここに集え！』……って、この変な文章は、もしかして!?」

「はい、間違いなく、ガラハッドさんです」

オレのことを『我が永遠の友フィン』という変な呼称で呼んでくるのは、あの個性的な剣士しかいない。

　ここ数日間、ギルドに顔を出さないと思っていたら、こんな紹介状を書いて宣伝活動をしていたのだ。

　普通の冒険者は自分の登録ギルドを、ここまで宣伝紹介はしない。まったく、格好と言動が奇妙なだけではなく、あいかわらず行動も奇妙な人だ。

「ま、まさか〝あの剣聖〟から紹介されるなんて……」

「本当だね、お姉ちゃん。これも剣聖にすら慕われているフィンさんの人柄と、今までの功績のお蔭だね！」

「そ、そうね。でも、あの剣聖から紹介を受けてきた冒険者たちって、なんか凄すぎていいのかしら……」

「大丈夫だよ、お姉ちゃん！　ウチにはフィンさんがいるんだから！」

　またもやマリーとレオンは、何やら話をしていた。マリーはいつもの半分諦め顔。レオンは『まるで神を崇《あが》めるかのように』オレの方を見つめてくる。

「ふう……とにかく、フィンさんのお蔭で、とんでもないことになってきたわね。明日からも忙しくなりそうだけど、ウチらだけで大丈夫かしら？」

　マリーが心配しているのは、ギルド職員の人数について。現在はボロン冒険者ギルドには職員は三人しかいない。

　基本的にオーナーのマリーと、オレが営業活動に出ることが多い。

その間の留守番は、十歳のレオン一人だけ。いくらレオンが優秀でも、今日のように冒険者が押し寄せてきたら、たった一人では対応は難しいのだ。

「それならオーナー。ウチもそろそろ雇うタイミングかもしれませんね」

「えっ、タイミング？　なんのですか？」

「それはもちろん『受付嬢を雇う』タイミングです」

「えっ!?　受付嬢を？　たしかに受付の人は欲しいですが、男の人だと駄目なんですか？」

「はい、もちろんです。女性である必要があるんです」

冒険者ギルドの受付に女性が必須。その理由を経験の浅いマリーに説明することにした。

「まず、オーナーにお聞きします。冒険者の男女の比率は、どちらが多いと思いますか？」

「えっ？　男女の比率？　それはもちろん男性ね！　ウチも昔から七割以上は男の人だったわ！」

マリーが言っていることは正しく、他の一般的な冒険者ギルドでも男性の比率は高い。冒険者はどうしても危険な依頼が多く、肉体的には強靭さが求められるからだ。

ちなみに〝魔力〟を鍛えることで、女性や子どもでも一般的な男性以上の力を発揮することは可能となる。

だが同じ魔力を使用するのなら、男性を強化した方が力も耐久力も強い。そのため冒険者は男性の比率が高いのだ。

「正解です。さすがはオーナー、博学ですね」

「えっへっへ……こう見えて、冒険者ギルドはわたしの庭みたいなものなのよ！」

彼女はボロン冒険者ギルドの中を、幼い時から遊び場にしていた。そのため一般的な冒険者ギルドの常識には、他の同年代よりは詳しいのだ。

これなら話が早い。説明をするために、次なるステージに移行する。

「それでは次の質問をします。仮にオーナーが街の市場《バザール》に買い物に行くとします。その時、同じような商品と値段の二つの店舗があります。両店の違いは『自分の好みの男性がいる店』と『女性店員さんがいる店』だけです。その場合、オーナーはどちらの店で商品を買いたくなりますか？」

「えっ？　変な質問ね、次のは？　えーと、それはもちろん『自分の好みの男性がいる店』かな。私も年頃の女の子なんだから、好みの異性がいる店に通いたいわよ！」

自信満々にマリーは答えてきた。弟レオンに比べて頭の回転は速くはないが、こうして素直に自分の考えを口に出せるのは彼女の長所だ。

「回答ありがとうございます、オーナー。では、最後の質問をします。『男性の比率が高い冒険者ギルドを経営するうえで、受付係を新たに雇う場合、その性別は男女のどちらが適切』だと思いますか？」

「へ？　そんなの簡単に決まっているわ！　もちろん『受付は女性』よ！　二十歳前後の人がいいわ！　それなら色んな年齢の冒険者のストライクゾーンに入るから！　あと、顔はもちろん可愛くて、威圧感を与えないように、少しだけ天然っぽい子がいいかも！」

自信満々にマリーは答えてきた。冒険者ギルドを遊び場にして彼女の頭の中には、すでに明確なイメージがあるのだろう。かなり細かい受付係の説明まで加えてきた。

「あっ、そうか！　そういう意味だったんですね、フィンさん！　お姉ちゃんの疑問の答えが！」

横で静かに聞いていたレオンが、急に大きな声を上げる。姉マリーの言葉に何かを発見したのだ。

「ん？　どうしたの、レオン？　そんなに大きな声を出して？」

「お姉ちゃん、まだ気がつかないの？　今、自分の口で言ったんだよ、『もちろん受付係は女性よ！』って！　しかも、具体的な答えも全部！」

「えっ？　あっ……そういえば……つまり、そういうことだったのか、フィンさん!?」

聡明な弟レオンの説明を聞いて、マリーは声を上げる。彼女もようやく気がついたのだ。

「その様子だと、もう、説明しなくても大丈夫そうですね、オーナー？　どうして『冒険者ギルドの受付係に女性がいた方がいいか？』の理由を」

「ええ、もう十分よ。私あまり頭は良くないけど、ここまで丁寧に説明してくれたらわかったわ！　冒険者ギルドの受付に若い女性が多いのは、そういう理由があったのね……よし！　それなら早速フィンさんの提案どおり、女性職員を探さないとね！　今から職業安定所ハロワーに行かないと！」

こうした行動力があるのもマリーの長所。さっそく彼女は外出の準備を始める。

「あっ……でも、希望の人が来てくれるかな？　ハロワーって、あんまり信用できないのよね」

彼女が急に不安になるのも無理はない。基本的に王都の職業安定所では、若くて容姿端麗で有能な女性は見つけることができない。そうした有能な女性は、口コミや人の紹介で他の大手に取られてしまうのだ。

「どうしましょう、フィンさん？」

「それならオレの知り合いに一人〝ツテ〟がいます。先ほどのオーナーが言っていた条件も満たしています」

「えっ、本当ですか？　それなら、その人を紹介してください、フィンさん！」

「はい、わかりました。たぶん〝彼女〟は、今は暇をしているので、これから面接に連れてきますね」

オーナーの了承は得られた。オレは〝とある知り合いの女性〟のところに行って、ギルドに戻ってくるのであった。


「ただいま戻りました、オーナー。この女性はクルシュさん。受付の仕事の話も、快く了承してくれました」

オレが連れてきたのは、クルシュという金髪の女性。二年前からの王都での知り合いだ。受付嬢を探していると相談をしたら、二つ返事で了承してくれたのだ。

「はじめまして。わたくしはクルシュ＝アサギハスと申します。ふつつか者ですが、本日よりよろしくお願いいたします」

クルシュは丁寧な挨拶で、新しい上司マリーに挨拶をする。

彼女は礼儀正しく、敬語などの対応も完璧。年はまだ十七だが、大人っぽい大雰囲気がある。受付嬢としてピッタリの人材だ。

「えーと、はじめまして。一応、私がオーナーのマリーです。ちなみに質問なんですがクルシュさんの、その格好……もしかして神官なんですか？」

マリーが疑問を口にするのも無理はない。なぜならクルシュが着ていたのは、純白の神官着。かなり装飾品が多く、高級そうな格好だ。

「はい、中央大神殿で神官をしていました」

「えっ、中央大神殿!? あんな凄いところで、神官を!? ん？ ちょっと、待って……中央大神殿にいる若い金髪の美少女で、〝クルシュ＝アサギハス〟って名前……もしかして、クルシュさん、《聖女》って呼ばれていたりしませんか？」

「はい、一応は《聖女》の称号を。《天神様》から天啓を伺うことも可能です」

「や、やっぱり！」

クルシュと話をしながら、マリーは急に驚きの表情になる。いったい何の話をしているのだろうか？ 少し気になるが、これは経営者としての面接。いち職員でしかないオレは、あまり聞かないようにする。

「ど、どうして、《聖女様》なんて凄い人が、ウチみたいな潰れかけのギルドの受付嬢を!?」

「はい。実は以前、フィン様はこのわたくしの命を救ってくれました。そんな方を手助けするのは、わたくしにとっては天啓よりも大事なこと……ですから今回の話をお受けしました。あと、わたくしは感じております。フィン様にお仕えすることは、必ず世界の危機を救うことに通じる、と」

「聖女様の命を救った、って、フィンさん、いったい何を!? それに『必ず世界の危機を救うことに通じる』って、聖女様に予言させるフィンさんの存在って!?　はぁ……まったく、この人の規格外さは、どこまで……」

クルシュの話を聞きながら、マリーは何度もため息をついた。一体何を話しているかわからないが、クルシュは真剣な表情。おそらく真面目な話をしているのだろう。

「ふう……もう、仕方がないわ。貴女のフィンさんに対する、感謝と熱意はわかりました！　ところで大神殿の聖女の仕事は、大丈夫なんですか？」

「はい、ご心配には及びません。《聖女》の仕事は大神殿にいなくても可能です」

「ん？　ということは、ウチで働きながら、聖女の仕事をする、ということですか？」

「はい、そうです。でも、受付業務には支障をきたさないのでご安心下さい、オーナー様」

「そ、それなら嬉しいけど……。それにしても、遂にウチは受付嬢なんかに、聖女様を雇うことになってしまったのね……でも、クルシュさんは天使のように可愛いし、胸も大きいから受付嬢として、これ以上はない人材だし……はぁ、今回のことも、フィンさんのことだから諦めるしかないのか……」

クルシュの面接は終わったようだ。何やら全てあきらめた顔で、マリーは呆然と立ち尽くしていた。

「その様子なら彼女は合格ですか、オーナー？」

「はい……もはや人智が及ぶところを超越しているので、あとは全てフィンさんにお任せします。それにしても聖女様がウチの受付嬢になるなんて……」

なにやらブツブツと独り言を言っているが、オーナーであるマリーの了承は得られた。これでクルシュは今日から、ボロン冒険者ギルドの正式な職員だ。

「それでは今のうちにクルシュさんを含めて、受付業務の練習をしておきましょう。レオン君もよろしいですか？」

「はい、もちろんです。ボクはレオンといいます。クルシュさん、よろしくお願いいたします！」

「はい、こちらこそよろしくお願いいたします、レオン様」

レオンとクルシュは互いに真面目な性格で、似ている部分もある。仕事仲間としても相性は良さそうだ。

「では、これより冒険者ギルドの受付の応用を、全員にレクチャーします……」

新しい職員として受付嬢クルシュが加入し、人材的な不安は解消。ボロン冒険者ギルドの経営改革は、新たなるステージへと突入していくのであった。

閑話　大手冒険者ギルドの衰退②

リッパー冒険者ギルドはここ二年の躍進で、王都でも有数の冒険者ギルドに成長。だが、そんなギルドに、ここ最近で立て続けに不幸が続いていた。

まず起きたのは有力な冒険者の脱退による、公共依頼の受諾の危機。追い打ちをかけるように、王都でも最大規模を誇る《ヤハギン薬店》のオーナーからの、いきなりの取引の停止の勧告があった。

立て続けに訪れた不幸によって、売り上げは七割以上も激減。冒険者ランクも確実に落ちてしまう危機となる。

「こ、こうなった手段は選ばないぞ！　落ちた売り上げを……いや、ギルドランクを、どんなことをしても保つんだ！」

かつてない窮地に、経営者のリッパーは顔を青くする。ギルドランクの維持のために、奥の手を出す。

起死回生を狙いリッパーが訪れたのは、王都の貧民街《スラム》にある建物。盗賊ギルドの支部の一つだ。

「へっへっへ……はじめまして、ガメッツンさん。私はリッパー冒険者ギルドのオーナーの、リッパーと申します」

「リッパー冒険者ギルド……か」

本日リッパーが会いにきたのは、ガメッツンという盗賊ギルド幹部。鋭い目つきの男で、リッパーのことを値踏みするように見てきた。

「で。話の内容は？」

「へっへっへ……実はそちら様に〝美味《おい》しい話〟をもってきました。話に入る前に、これを収めてくださいい、ガメッツンさん」

リッパーがテーブルの上に差し出したのは、魔道白銀で作られた高額硬貨。一枚１００万ペリカ硬貨が五枚なので、総額で５００万ペリカだ。

「ん？　これはどういう意味だ？」

「こちらは挨拶金みたいなもんです。実はガメッツンさんたち盗賊ギルドに、ひとつ頼みたいことがありまして。もしもウチのギルドに公共依頼を空《から》発注していただければ、更に倍のお金を収めます」

「空発注、なるほど、〝架空発注〟……ということか」

リッパーが行おうとしているのは、公共依頼の架空発注だった。仕組みとしては実在しない公共依頼を、盗賊ギルドが冒険者協会に発注。リッパー冒険者指名で行う。

リッパー冒険者ギルドは実在しない依頼を、盗賊ギルドから受注。様子を見て達成したと、協会に虚偽の報告。

だが、これによりリッパー冒険者ギルドは公共依頼を達成した実績が残り、冒険者ギルドランクを辛うじて維持できる仕組みだ。

代償としてリッパー側は盗賊ギルドに、多額の挨拶金を支払わねばならず、かなりの出費となる。だがギルドランクを落とさないためにも、リッパーは赤字覚悟で自分の私財を投入してきたのだ。

「公共依頼の架空発注は……違法行為だと知っているのか？」

「えっへっへ……もちろん存じております。ですから、依頼も適当な感じで出していただければバレません。もちろんガメッンさんの方には、更に個人的な謝礼を収めます！」

ギルドランクの健全性を保つため、架空発注は冒険者協会によって禁じられている。

だがギルドランク降格の危機にあるリッパーは、そんな規則を守っている場合ではなかった。どんな手段を使っても公共依頼の実績を残そうとしていたのだ。

「『依頼も適当な感じ』……か。なぁ、リッパーさんだったか。あんたウチの組織のことを〝舐めて〟いないか？」

呆れてため息をついた直後、ガメッンの雰囲気が一変する。うすら笑いを浮べていたリッパーを、鋭い視線で突きさす。

「ひっ!?　な、舐めているんなんて、まさか、そんなことはありません！　あっ、もしや謝礼金が少ないのなら、更に上乗せさせていただきます！」

交渉相手のまさかの激怒に、リッパーは慌てる。大汗をかきながら金の準備をする。

「それが舐めているる、って言っているんだよ、アンタは！　たしかに盗賊はカタギじゃないが、あんたのようなクズの片棒は担げない、って話なんだよ！　帰れ！」

「ひっ!?　し、失礼いたしました！」

強面の盗賊ギルドの幹部の怒声に、リッパーは椅子から転げ落ちてしまう。情けない姿勢で、落とした自分の金を集めていく。

「ちっ……もう二度と盗賊ギルドに話を持ってくるんじゃねぇぞ。今うちはボロン冒険者ギルドのフィンしか、仕事相手にしていないんだからな」

「ボ、ボロン冒険者ギルドの……フィンだと!?」

まさかの人物の名前を聞いて、リッパーは自分の耳を疑う。

噂によると、ボロン冒険者ギルドという廃業寸前のギルドに、ヤツは再就職したという。

だが、どうしてそんな弱小ギルドが？　いや、あの無能な事務員が、こんな大手の盗賊ギルドの幹部の信頼を勝ち取っているのだ!?

「ど、どういうことだ……？」

これはとんでもない状況だった。何しろ盗賊ギルドからの公共依頼の独占などされたら、フィンのいる冒険者ギルドは、これからドンドン好成績を収めていくに違いない。

「そういえば、〝あのフィン〟を、あんたはクビにしたんだよな？　まぁ、その時点でアンタには経営者としての目と才能がなかった……という訳だ」

「ど、どうして、そのことを知って……はっ!?」

疑問を口に出しかけて、リッパーは言葉を止める。普通、冒険者ギルドの職員の雇用状況のことなど、外部の者は知らない。つまり、このガメツンは〝最初から〟知っていたのだ。

リッパー冒険者ギルドのことを事前に全て調べて、何も知らぬ顔をしながら交渉のテーブルについていたのだ。

「あとリッパーさんよ。最後に一つだけ忠告しておく。オレも最近、知ったんだが、盗賊ギルドの大幹部の中には、フィンの大ファンも多いらしい。これ以上、裏で何かするなら、アンタは〝不慮の事故〟に遭《あ》うかもしれない。せいぜい夜道には気を付けておくことだな」

「ひっ!?　そ、そんな……」

まさかの脅迫まがいまでされ、リッパーは情けない悲鳴をあげる。腰を抜かしつつ、盗賊ギルドから逃げ出していく。

そして自分のギルドに戻ったリッパーを、更なる悪い報告が襲う。

「リッパー様、大変です！　ウチの登録冒険者が、大量に抜けてしまいました！」

「なんでも〝ボロン冒険者ギルド〟という弱小ギルドに、移籍したみたいっす！」

部下から受けた報告は、登録冒険者の大量の離脱について。

登録冒険者の減少はギルドにとって致命傷。ギルドランク降格の危機的な状況になってしまったのだ。

「く、くそっ……これも全てヤツの……あの無能なフィンのせいだ……こうなったらもうなりふりなんて構ってられん！　全てを失う前に、アイツも道づれにしてやるんじゃ！」

こうして復讐のために落ちていくリッパーは、悪の道へ足を踏み入れていくのであった。

七章　毒マムシ

クルシュが新しい職員になって日が経つ。

「ようこそ、ボロン冒険者ギルドへ。あら？　もしかしたら新規登録者の希望の方ですか？　よかったら説明をするので、こちらへどうぞです！」

受付係として、彼女は順調に業務をこなしていた。日々増えてくる新規登録者に対しても、〝まるで聖女のような笑顔〟で〝神対応〟している。

そんなクルシュの対応は、冒険者たちの中でも評判が高い。

「……なぁ、あの新しい受付の子、かなり可愛いくて、胸も大きいよな!?」

「……ああ、そうだな。今後、お茶でも誘ってみようぜ！」

特に若い男性冒険者たちに絶大な人気。クルシュの前はいつも列ができていた。

「おい、お前たち、止めておけ！　あの方は《聖女》クルシュ様だぞ！　迂闊《うかつ》にナンパでもしたら、教団の《暗部》に消されてしまうぞ！」

「なっ!?　そ、そうだったのか!?　でも、なんで、そんな凄い子が、こんな小さな冒険者ギルドの受付嬢なんてしているんだ!?」

「オレもよく知らないが、あのオーナーのマリーって子は実はかなりのやり手で、どこからかスカウトしてきたらしいぞ」

「なんだって!?　と、とにかくクルシュ様に対しては受付の話以外は、止めておいた方がいいぞ」

「ああ、そうだな。命あってのもの、だからな……」

今も若き冒険者たちが、クルシュに対して熱い視線を送っている。この反応も無理はない。なにしろ客観的に見ても彼女は可愛らしい容姿。口コミが更に広がり、最近はクルシュ目当ての新規登録者も増えてきたくらいだ。

「あっ、こっちも空きました。次の方どうぞ！」

もう一人の受付係であるレオン君も、負けずに業務を一生懸命やっている。彼はまだ十歳の少年。だが普通の大人よりも頭の回転が速く、的確な対応で受付業務をこなしている。

そんなレオン君にも熱視線を送る者たちがいた。

「あっ、レオン君、おっはー♪」

「今日も可愛いね♪」

「うちの弟に欲しいわ！」

「うちは子どもに欲しいかも！」

それは幅広い年齢層の女性の冒険者たち。彼女たちは仕事の合間に、レオン君になにかと声をかけている。

こちらの現象にも理由がある。レオン君の容姿は整っており、大人の女性受けする。また幼い年齢的に母性本能をくすぐる雰囲気もあり、多くの年代の女性冒険者に好感度が高いのだ。

「みなさん、いつも温かいお言葉ありがとうございます！　気を付けていってらっしゃいませ！」

そんなミーハーな女性たちに対しても、レオン君は神対応をしている。冒険者ギルドの職員としての礼節を保ちつつ、柔軟に対応をしているのだ。

（ふむ……いい雰囲気になってきたな……）

そんな受付カウンターの活気ある光景を見ながら、オレは思わず嬉しくなる。ギルド内の雰囲気は二人の優秀な受付担当のお蔭で、一気に明るい雰囲気になっていた。

冒険者ギルドにとって受付係は顔的な存在。二人の存在が冒険者たちの間に口コミで広がり、ボロン冒険者ギルドの認知度が高くなっているのだ。

「これは、いい雰囲気になりましたね、オーナー？」

マリーも先ほどから受付カウンターの様子を見ていた。なぜか先ほどから身体が固まっているが、きっとオーナーである彼女も繁盛ぶりに感動しているのだろう。

「うっ……クルシュさんもレオンも、あんなに人気で、しかもテキパキ仕事をして……もしかして私という存在は、もういらないいんじゃないかな……うっ……」

彼女は感動して固まっていたのではなかった。どうやら有能な職員二人の様子に、劣等感で押し潰されていたのだ。

「大丈夫ですよ、オーナー。経営者である貴女には〝オーナーにしかできない仕事〟がたくさんあります。間違いなく、このボロン冒険者ギルドの未来は、オーナーの活躍にかかっているんです」

「えっ、私の活躍にかかっている!? そ、そうだったんですね……よし、頑張ろう！」

オレの言葉を聞いて、マリーやはやる気を取り戻す。感情の起伏が激しい彼女だが、基本的には真っ直ぐで活発な性格。たまに変になってしまうが、時おりこうして声をかけてやれば、モチベーションが一気に上がるのだ。

（よし。今日も上手く持ち上げることに成功したな）

こうした経営者のやる気を高めて上げるのも、ギルドの職員の大事な仕事の一つ。仕事を終えてオレは次なる作業に取り掛かる。

「ん？」

そんな時だった。ギルド内に魔力が集約する気配を感じる。

これはもしや？

シュワ――――――ン！

気配を感じた次の瞬間、ギルドの中に光が発生する。これは《転移の術》の一種だ。

「オッホホホ……！ ようやく戻ってきたわ、〝我が愛しのフィン〟よ！」

甲高い笑い声と共に転移してきたのは、怪しげなローブをまとった女性。妖艶な女魔術師エレーナだ。

『ようやく戻ってきたわ』と言っているが、そういえば久しぶりに見た気がする。

「エレーナさん。どうしたんですか、いきなり転移してきて？ あっ、もしかして依頼が完了したんですか？」

今から十日以上も前、エレーナに　件の依頼を受けてもらった。『二百束のバリン草を1，500ペリカで買い取る』という内容。雰囲気的に依頼が完了したのかもしれない。

「オッホホホ……！　さすが愛しのフィンね！　正解よ。これが依頼の品よ！」

そう言いながら彼女がカウンターの上に出してきたのは、一枚の大きな鱗。形的にドラゴン系の素材の《逆鱗》だろうか？　だが見たことが無い漆黒の鱗だった。

「恐れ入りますがエレーナさん、これはいったい何ですか？」

「オッホホホ……！　よくぞ聞いてくれたわね。これは南方大陸に巣くう《邪地竜バリン》の《逆鱗》の素材よ！　前回のフィンの依頼の意味を、私はようやく解き明かして、バリン討伐をしてきたのよ！」

《邪地竜バリン》というのは竜系の魔物の名前だろう。逆鱗はドラゴン系に一枚しかない鱗。つまりその竜を倒してきた証明なのだ。

「《邪地竜バリン》ですか……」

聞いたことがない魔物だが、エレーナの全身には戦いの跡があった。ローブの端は焼けこげており、かなりの激戦だったのだろう。

「せっかくの苦労の後に申し訳ありませんが、エレーナさん。今回の依頼は『二百束のバリン草』です。なので、こちらの素材を受け取ることはできません」

オレは差し出された逆鱗を丁寧に返品する。

一般的に誤解されている部分もあるが、冒険者ギルドは魔物の素材なら何でも買い取る訳ではない。基本的に買い取るのは『依頼を出した素材だけ』。これには『各冒険者ギルドの所有している金は、無限ではない』という理由があるからだ。

今回の話を例にあげて説明をしてみる。たとえばこの《邪地竜バリン》の逆鱗を5，000万ペリカの価値があると仮定する。

ここでボロン冒険者ギルドが無理をして、エリーナから5，000万エリカで買い取ったとする。だが、よく考えて欲しい。依頼人もいない買い取った素材は、その後にどうなるか？

――――そう、どうにもならない。誰も依頼人がいないので、当ギルドは5，000万ペリカを手に入れることができない。つまり無駄な出費をしただけに終わるのだ。

もしかしたら王都にこの逆鱗を欲しい者がいるかもしれない。だが、それは『もしかしたら』であり確実ではない。そういった売買は大商店が担当している分野。

つまり冒険者ギルドにとって大事なことは『依頼人から受けた素材を、適正な価格で買い取る』ことが重要なのだ。

「……という訳でエレーナさん。バリン草なら買い取れますが、こちらの〝変な素材〟は買い取りできません」

「くっ……まさか本当の依頼は、バリン草の採取、だったのね!?　フィンの依頼の裏を読んだつもりが、まさかフィンは更にその裏を読んでいたのね!?　さ、さすが私の愛しのフィンね！」

依頼を間違ったというのにエレーナは、何やら嬉しそうにしている。《邪地竜バリン》の逆鱗をしまって不敵な笑みを浮かべていた。

「それなら真の依頼であるバリン草の採取に行ってくるわ！　オッホッホッホ！」

シュワ――――ン！

そして、またよく意味のわからないことを言いながら、エレーナは転移魔法で立ち去っていく。

あっ、そうだった。転移魔法は周りに衝撃波を与えるから、今度からは自粛してもらうように伝えるのを忘れていた。

それにしても相変わらず騒がしい人。おかげでギルド内にいた他の冒険者も、先ほどから動きが止まっていた。

「お、おい、今のって、もしかして〝あの〟《大賢者》エレーナ＝アバロンじゃなかったか!?」

「ああ、そうだよな！　あの冒険者章は〝Sランク〟は間違いない、あの《大賢者》様だぜ！」

「まさか、あの《大賢者》がこの冒険者に登録していたとはな……」

「だが、よく考えたら、おかしくないか？　どうして大賢者クラスがバリン草の採取なんて、初心者向けの依頼を受けていたんだ!?」

「た、たしかに!?　しかも、あの事務員、《邪地竜バリン》の逆鱗を受け取り拒否していたよな、さっき!?」

「ああ、たしかに！　あの素材を転売するだけで、小国が買える利益が出るのに、なんて懐が広い事務員なんだ……」

少し間を置いてから、ギルド内が急に騒がしくなる。先ほどのエレーナのことを話しているのだろう。たしかに彼女は奇抜で目立つ女性魔術師だから。

だが一介のギルド職員は、顧客である冒険者たちのプライベートな話に、関与してはいけない。オレは気にせずに聞き流していく。

「こんちわ、郵便です！」

そんな時、ギルドに郵便配達人がやってくる。郵便配達は王都内で、手紙の配達を行っている国政のサービスだ。

「いつもご苦労様です」

受け取りのサインをして、封筒を受け取る。かなり厳重な書類なので中身を確認してから、オーナーに渡すことにした。

「ん？　これは……」

中身を確認して思わず声を出してしまう。予想外の手紙の内容だったのだ。

「ん？　どうしました、フィンさん？」

ちょうど横を通りかかったマリーが、手紙を覗き込んできた。タイミング的にこのまま説明してしまおう。

「これは公正取引委員会からの強制調査の勧告書です」

「えっ!?　強制調査って、それって、な、何ですか!?」

「そうですね。一言で説明するならば、あまりよくないモノです」

「あまりよくないモノ!?　ど、どういうこと!?」

初めて目にする強制調査の書類に、新人経営者のマリーは混乱する。何が起きたかまだ理解できていないのだろう。

「も、もしかして、ウチは廃業に!?　そして私も経営者として逮捕されちゃうの!?」

あまりの混乱ぶりに、予想外の妄想をして顔を真っ青にしていた。これは冷静に説明してやる必要がある。

「オーナー、落ち着いてください。強制調査といっても、そこまで恐れるものではありません。あくまでも〝調査〟されるだけです。いきなり逮捕はされません」

「えっ、調査だけ？」

「はい、そうです。この書類を簡単に説明するなら『ボロン冒険者ギルドには怪しい点が何個かある。そのために公正取引委員会として調査する』という内容です」

公正取引委員会は国の公の機関。

王都内の各ギルドを公平に調査するのが主な仕事。彼らの仕事内容は、各ギルドの不正や癒着、賄賂などがないか調査することだ。

「な、なるほど、そうだったんですね。それならウチは大丈夫ですよね!?　だって、やましいことは何一つしていないですよね、たぶん!?」

「はい、もちろんです。ですが、いきなり強制調査の勧告書が届く、ということは〝何か〟があったのかもしれませんね」

普通の冒険者ギルドには、いきなり〝強制調査の勧告書〟は届いたりしない。普通ならその前になんらかの警告書などがあるはず。

つまり今回の強制調査には、何か裏がある可能性が高いのだ。

「えっ、裏!?　ちょっと怖くなってきたんですけど……」

「安心してください。オーナーは普段どおりに仕事をしておいてください。必要な書類はオレの方で全部用意しておきます。オーナーは確認しておいてください」

書類によると、調査は今日の午後に行われる。事前の準備は十分にあった。

「あ、ありがとうございます！　頼りにしています、フィンさん！　あー、心の臓が口から出てきそうなくらいに緊張してきたわ！　でも頑張らないと、私も！」

色々と考えすぎのマリーは、既に緊張が限界に達しようとしていた。だがオーナーとしてできることを本人なりに一生懸命やっている。彼女は未熟な経営者だが、これもマリーの長所だ。

(だが公正取引委員会の強制調査か。何事もなければいいが)

こうしてマリーが落ち着かない午前は、あっという間に過ぎていく。そして問題の調査が行われる午後の時間となる。


昼食時間が過ぎた午後いち。ちょうどギルドも空いた時間。

「失礼するぞ」

ボロン冒険者ギルドに、一人の男が入ってくる。雰囲気的に明らかに冒険者ではない。

「私は王都公正取引委員会の筆頭調査官〝ケンジー＝ヒニリス〟だ」

やってきた男は、通達のあった機関の調査官。四十代半ばの神経質そうな眼鏡の男性だ。

制服のポケットから身分証を取り出し、真っ直ぐ受付カウンターに向かってくる。

そんな調査官の顔を見て、ギルド内の冒険者がザワつく。

「……おい、あの男って、もしかして？」

「ああ、公正取引委員会の極悪調査官《毒マムシ》ヒニリスだな」

「あんな陰険で神経質な奴が来るなんて、このギルドも可哀想に……」

「ああ、そうだな。奴に難クセをつけられて、潰れたギルドは両手では足りないからな……」

どうやらベテラン冒険者の中では、今回の調査官は有名な人物らしい。彼らはかなり嫌悪の視線を調査官に向けている。

「〝強制調査の勧告書〟は届いていたと思います。このギルドの経営者はいますか？」

一方でそんな負の視線に気が付いているが、ヒニリス調査官はおかまいなし。受付カウンターに調査書類を差し出してくる。

「は、は、はい。私が経営者のマリーです！」

緊張のあまり裏声になってしまったマリーが、受付カウンターに向かう。その足取りは震えていて、顔は真っ青になっていた。

「ほほう？　あなたのような若い女性の方が経営者でしたか……これは〝噂通り〟何かホコリが出てくるかもしれませんね」

ヒニリス調査官は不敵な笑みを浮かべる。その顔は危険な爬虫《はちゅう》類のような雰囲気もある。《毒マムシ》という異名で恐れられている所以《ゆえん》の一つなのだろう。

「ヒニリス調査官、本日はお忙しいところありがとうございます。こちらの応接テーブルにどうぞ。オーナーが対応いたします」

だがオレはそんなことは構わず、丁寧に対応。調査官をカウンター向こうの応接場所に案内する。

こうした調査では必ず経営者が対応しないといけない。今回はオレではなく、オーナーのマリーが対応するのだ。

ざわざわ……ざわざわ……

ギルド内の空気が更に重くなる。居合わせた冒険者たちが、ザワついているのだ。

ボロン冒険者ギルドには個室型の応接室はない。マリーとヒニリスが座った応接テーブルは、冒険者からも見えるオープン型。

「おい、いよいよ始まるぞ……」

「あの子が相手をするのか……」

「どうなることやら……」

そのため冒険者たちは依頼を探すフリをしながら、応接テーブルの方をチラチラ見てくる。誰もが今回の調査のことが気になるのだろう。

「ふむ。相変わらず冒険者風情《ふぜい》はこれだから……さて、それでは調査を始めます。よろしいですか、ミス・マリー？」

「ひっ!?　は、はい、あまり大丈夫じゃないけど、お手柔らかによろしくお願いいたします！」

応接テーブルに調査員ヒニリスと、経営者マリーが向かい合って座り合う。オレはマリーの後ろで別の仕事をしながら、様子を窺《うかが》う。

多くの注目が集まる中、調査官のギルド調査がスタートする。

「まずは手始めに、帳簿を一式見せてもらいますか、ミス・マリー？」

「は、はい！　これがウチの帳簿の全部です！」

今日の午前中にまとめておいた経営帳簿を、マリーは差し出す。

ちなみに今回の調査に対する拒否権はない。《王国公正取引委員会》はその名の通り国家機関であり、所属する調査官は王都のあらゆる事業所の調査を行う権利を持つ。

そのため調査官には、全ての経営帳簿を見せる義務がある。万が一に拒否、偽造した場合は、王国憲兵に逮捕されてしまうのだ。

「ふむ……ふむ……」

ヒニリス調査官はパラパラと帳簿を確認していく。かなり速いペースでめくっているが、その目つきは鋭い。おそらくは速読術を会得して、早いペースでも帳簿内容を確認できるのだろう。

「ふむ……今のところ帳簿はちゃんと書かれていますね、マリーさん」

「は、はい、ありがとうございます！　恐縮です！」

マリーはかなり緊張しているのだろう。肩に力が入り、声も裏返るほど甲高い。

「ほほう、なるほどです。先代のボロン……あなたの祖父にあたる方が以前は経営して、今は跡を継いでいるのですね」

「は、はい、そうです！」

ヒニリス調査官が調べているのは、ボロン冒険者ギルドの近年の経営帳簿。今はちょうど経営者が、マリーに移行された時の帳簿を調べているのだろう。

「ふむ。祖父ボロンさんが経営していた時は薄利多売で、利益は少ないですが、このギルドはかなり繁盛していたようですね、帳簿的には」

ヒニリスはかなり優れた調査官なのだろう。数種類の帳簿を比べて見ただけで、当時の経営状況を把握していた。かなり頭の回転が速く、応用力もある人物。さすがはエリートである筆頭調査員の肩書があるだけある。

「あ、ありがとうございます！　祖父が元気な頃のウチは、本当に繁盛していました！　あまり裕福ではなかったですが、本当に楽しい日々でした！」

調査官に自分のギルドのことを褒められて、マリーは嬉しそうになる。緊張が解けて、先ほどまで真っ白だった顔色にも、段々と赤みがさしていく。

「なるほど、たしかに先代の時は……つい先日までは、ボロン冒険者ギルドは特に問題はありません」

「えっ、本当ですか!?　ふう……良かったです……」

「ですが、それは『つい先日』までです。ここ最近……厳密にいえば『ここ一ヶ月内』のボロン冒険者ギルドの経営状態は、明らかに〝不自然〟すぎます」

機械のようなに冷淡だったヒニリスの口調が、少しだけ強くなる。最近の経営状態に関して指摘を始めたのだ。

「えっ……『不自然』……ですか？」

「はい、そうです。こんな極端な帳簿は見たことがありません。残念ながら、こちらのボロン冒険者ギルドでは『不正な経営』が行われている可能性があります」

「えっ……そ、そ、そんな!?」

回復したマリーの顔色が一気に急変する。『不正な経営が行われている可能性があります』と聞いて、全身から血の気が引いていた。

「では、『不正な経営』の可能性が高い理由を、指摘していきます」

《毒マムシ》という異名で恐れられている辣腕の調査員。ヒニリスは最近の帳簿を開いて、その危険な毒牙を見せてきた。

「まずはこの部分です。『《ヤハギン薬店》から《究極万能薬《エリクサー》》の素材』を受注していますが、〝翌日〟にはいきなり依頼が達成されています。これは明らかにおかしい内容です」

ヒニリスが最初に指摘してきたのは、オレが受けてきた《究極万能薬《エリクサー》》の材料の採取について。ギルド的にはライルとエリンへ最初に出した採取の依頼だ。

「ご存じかと思いますが、この《究極万能薬《エリクサー》》の素材は《火炎巨大竜《レッド・ドラゴン》》を討伐する必要があります。《火炎巨大竜《レッド・ドラゴン》》が生息している一番近い場所の《火炎山脈》までは、どんな腕利きの冒険者でも往復で一週間以上はかかります。ですが台帳的には翌日には依頼完了とされています。これはどう説明されますか、ミス・マリー？」

「えっ……そ、それは……たまたま凄く足が速い人か、瞬間移動ができるスキル……がある冒険者だったとか？　わ、私たちギルドは、顧客のスキルまで調べる権利はないので……」

言葉を濁しながら、マリーは上手く答える。この言葉を濁した対応は、午前中にオレが彼女に教えたものだ。

冒険者ギルド協会の規則にある『冒険者ギルドの職員は登録冒険者の個人能力を深く詮索してはいけない』という一文を応用した答えだ。

「ほほう？　では、この駆け出しの冒険者の『ライルとエリン』の二人組が、その特殊なスキルと力で、いきなり《火炎巨大竜《レッド・ドラゴン》》を討伐した、ということですか？」

「えーと、依頼を完遂《かんすい》したのは、たしかにその二人です。ですが、二人の個人的な能力についてはお答えられないです、ギルド的には。申し訳ありません」

「ふむ、そう答えてきましたか。なかなか上手い答えですね。なるほど、たしかに協会の規則では登録者の詮索は禁じられています。私もこれ以上の指摘はできませんね」

マリーの答えを聞いて、ヒニリスの眼鏡がキラリと光る。公正取引委員会の調査官は各ギルド協会の規則にも通じていた。

だがマリーに上手くはぐらかされても、ヒニリス調査官の顔にはまだ余裕がある。まるで想定内とでも言っているかのようだ。

「では次の質問をします。帳簿によると同じように《寿命延長薬《マナ・エーテル》》の素材も、《ヤハギン薬店》に納品しています。専門家であるマリーさんはご存知だと思いますが、《寿命延長薬《マナ・エーテル》》の素材は南の灼熱草原に巣くう《極楽不死鳥《バーニング・フェニックス》》です。こちらもたった一日で討伐して、素材をこのギルドに持ってきたのですか？」

ヒニリス調査官が最初に指摘してきたのは、同じようにオレが受注した《寿命延長薬《マナ・エーテル》》の材料の採取について。こちらは支払金が必要なために、オレが個人的に採取した〝簡単な依頼〟だ。

「えーと、その依頼を達成した冒険者の人も、たまたま特殊なスキルを持った人なのかもしれません。わ、私たちギルドは顧客のスキルまで調べる権利はないので……」

「ふむ、やはり、そう答えてきましたか。ですが、こちらは先ほどよりも明らかに異常な結果です。なぜなら《極楽不死鳥《バーニング・フェニックス》》は不死に近い、不死身の再生能力がある超巨大な魔鳥。Sランク冒険者ですら討伐するには数日間はかかった、という記録があります」

ヒニリスが指摘してきたのは、《極楽不死鳥《バーニング・フェニックス》》の強さについて。筆頭調査官ともなれば、魔物辞典の隅々まで暗記しているのだろう。

「ですが記録によればこの『冒険者ダーク』という者は、たった一人で、しかも一日という短時間で、《極楽不死鳥《バーニング・フェニックス》》を討伐して帰還しています！　こんな規格外の結果は、大陸中のどこの協会にも載っていません！　これはどういうことなんですか、マリーさん!?」

ヒニリス調査官は少し興奮しながら、帳簿を指摘してきた。

――ここだけの話、彼の指摘してきた『冒険者ダーク』という正体は……実はオレだ。

《極楽不死鳥《バーニング・フェニックス》》から素材を手に入れた後に、《ヤハギン薬店》で換金するために、架空の冒険者名をボロン冒険者ギルドに登録しておいたのだ。

ちなみに協会の規則では『ギルド職員の冒険者登録』は特に禁じられていない。つまり、なんの違法行為でもないことだ。

ちなみにこのことはオーナーのマリーも知っている。午前中に対応策も伝授しておいた。

「えーと、そのダークさんという方は、とても不思議な人で私もよくわからないんです。でも頼もしい方で、依頼はちゃんとこなしてくれるので助かっています。まぁ、でも、あまりにも規格外な人なので、私も今で混乱してしまいます……はぁ……本当に何者なんでしょうか、あの人は……」

マリーは説明をしながら、オレの方をチラ見してため息をついていた。午前中に教えた答えとはまるで違う返答だ。

だが、まるで本当に『ダーク』という冒険者の規格外さに、心の底から不審がっているような表情。傍から見ているオレでもわからないほどの、マリーの迫真の演技だった。

「ほほ……なるほど。今度は、そう答えてきましたか。その感じでは嘘はついていないそうですね。では私も遠回しな質問は止めにします。これからの話は私見です」

ヒニリスの表情が変わる。マリーの想定外の手強さに、作戦を変えてきたのだ。

「えっ……私見ですか?」

「はい。事前調査によれば、『ライルとエリン』は一般的な冒険者でした。そんな未熟な彼らに《火炎巨大竜《レッド・ドラゴン》》の討伐は可能でしょうか?　いや、否です!」

公正取引委員会は調査を独自で行うことが許可されている。この優秀な男は事前に多くの調査を済ませてきていたのだ。

「これは更に私の推測です。その『冒険者ダーク』という人物が全ての黒幕……という可能性が高いです。ですが、これもあくまでも推測。この私にすら尻尾を摑ませない『冒険者ダーク』という者は、いったい何者なのでしょうか……ふっふっふ……」

ヒニリスの表情が更に変わる。独り言をつぶやきながら、口元に不敵な笑みを浮かべていた。天を仰ぎ喜悦な表情となり、まるで『自分の待ち望んでいた好敵手を見つけて歓喜』している様子だ。

「あ、あのー、ヒニリス調査官さん、大丈夫ですか？」

「ごほん。これは失礼しました。では次の質問に移ります。お聞きしたいのは、『冒険者ギルド協会』から受けた、この不審な公共依頼についてです！」

「あっ……それは……」

今のところマリーが一人で、調査官に必死に対応していた。だが次なる書類の部分を見せられ、彼女は思わず言葉を失っている。おそらくは何かを思い出しているのだろう。

「ほほう、その顔は心当たりがあるようですね？　では、率直に指摘させていただきます。帳簿によると、こちらのギルドでは先月まで、一切の公共依頼を受けられていませんでした。ですが、つい先日から急に公共依頼が増えてきています。これはいったいどうしてですか？」

ヒニリスが鋭い視線で指摘してきたのは、冒険者ギルド協会から受けている公共依頼について。公共依頼は税金も使われているので、調査官がもっとも細かく見てくる箇所なのだ。

「えーと、それは、冒険者ギルド協会に挨拶にいったら、〝たまたま〟運気が向いてきて、公共依頼が回ってきた……です。まぁ、あの時の《火炎巨大竜《レッド・ドラゴン》》の生首の映像は、今でも悪夢に出てきますが……はぁ……」

マリーは説明をし終えてから、最後は小声で何かつぶやいていた。彼女が先ほどから言葉を失っているのは、冒険者ギルド協会での出来ごとを思い出しているからなのだろう。

たしかに、あの時はババソン事務局長が色々と言ってきたり、ゼノス副理事長が登場したり。本当に騒がしい協会への訪問だったのだ。

「ほほ、〝たまたま〟ですか。面白い答えですね。では次の関連する質問に移ります。帳簿によると最初の公共事業の内容が不自然すぎます。なぜ『除霊という依頼を受けただけで、3，000万ペリカという高額な依頼金』が、盗賊ギルドから支払われているのでしょうか？」

次にヒニリス調査官が指摘してきたのは、盗賊ギルドからの初公共依頼について。

あの時は盗賊ギルドが所有する屋敷にいた〝不死王《リッチ》〟ガフィアンを、登録冒険者のライルとエリンが除霊。結果としてボロン冒険者ギルドは3，000万ペリカの報酬を得たのだ。

「えーと、その件ですか。そちらは正式に盗賊ギルドから受けた依頼なので、報酬額に関しては当方には特に説明できることはありません。もしも疑問に思うことがあるなら、依頼主の盗賊ギルドの方を調べてもらえたら助かります。はぁ……それにしても除霊か……あれも本当に大変だったな……私、死にかけていたし……というか〝不死王《リッチ》〟をスケルトン感覚にしちゃうフィンさん、って……」

またマリーは説明を終えて、なにか小声で呟きため息をついている。おそらく〝不死王《リッチ》〟ガフィアンと対面した時のことを、思い出しているからだろう。

あの時は、極悪の霊と化したガフィアンの放った暗黒魔法《暗黒死滅《デス・クリムゾン》》によって、彼女の肉体と魂は打ち砕かれそうになった。

それをオレが【不死拘束《アンデッド・アクセサリー》】で、〝不死王《リッチ》〟ガフィアンの力を99％以上弱体化させ、とっさにマリーを守ったのだ。

「ふむ……なるほど、今度はそう答えてきましたか。なかなか肝が座ったお嬢さんですね、貴女は。では次の質問に移ります。こちらのギルドは二週間ほど前から、登録冒険者が急増しています。しかも異常なまでのハイペースで、今でも急増しています。これはどういうことですか、ミス・マリー？」

次にヒニリス調査官が指摘してきたのは、登録冒険者の増加について。

冒険者ギルドにとって有能な登録者が増えるのは、そのまま収入の増加にも繋がる。今回は収入に関して、帳簿で怪しい部分を徹底的に調べているのだろう。

「えーと、それは主な理由は『口コミ』だと思います。特に宣伝費はかけてはいません。はぁ……それにもあの《剣聖》様からの口コミ紹介とか、あの《聖女》様が受付嬢にいるとか、本当にウチはいったい何が起きているのか、私も誰かに説明して欲しいくらいです……」

またマリーは説明した後に、何やら小声でブツブツと独り言を言っている。彼女の独り言は他人には聞こえないボリュームのもの。オレは地獄耳なので聞こうと思えば聞きとれるだろうが、彼女を信頼して、やめておく。

そして時おりオレの方になぜか視線も向けてくる。一体どうしたのだろう？

「まさか、そう答えてきましたか。くっくっくっ……本当に肝が座ったお嬢さん。いや、オーナー様ですね。恐れ入りました。この私の指摘を受けて、ここまで姿勢を崩さない方は、初めてお会いしました」

　一方でヒニリス調査官は、なにやらマリーのことを認めはじめていた。最初の時のように少女としてではなく、一人の経営者としてマリーに接している。

「えっ？　あ、ありがとうございます。よくわかりませんが、最近は尋常ではない人と行動を共にすることが増えて、色んな修羅場を経験しなきゃいけなくなったので、もしかしたら多少のことでは驚かなくなったのかもしれません、私も」

　ヒニリスの指摘でオレも気がついた。マリーの態度が目に見えて変化していたことに。

　調査開始時、彼女はオロオロして真っ青な顔だったが、今は別人のように変化。鋭い視線のヒニリス調査官を前にしても、まるで動じた様子はない。

「ふむ……恐れ入りました。ミス・マリー。どうやら〝タレこみ〟は誤報だったようですね。では、今日の調査はこれで終わりにいたします。ご協力ありがとうございます」

　そんな時だった。いきなりヒニリス調査官は書類を整頓して、帰り支度の準備に移る。

「えっ、終わり……ですか!?」

「はい。不思議な点は沢山ありましたが、違法な点は一つもありませんでした。それゆえに私の仕事は終わりです」

　ヒニリスは厳しい調査で恐れられているが、悪人ではない。執拗に調査を行うのは、あくまでも違法行為を行う事業所に対してだけ。

不正がないギルドの調査は、短時間で終わらせる主義なのだろう。本来の彼は公明正大に調査を行う、正義を愛する人物だったのだ。

「では、失礼いたします。あっ、そういえばこれは、私の独り言です」

応接席を立ったヒニリスは一瞬、足を止める。オレとマリーにしか聞こえないくらいの小声でつぶやき始める。

「今回、ここに調査にきたのは〝あるタレコミ情報〟があったかからです。結果として誤報でしたが。では、失礼します」

そう意味深な言葉を残して、ヒニリスはギルドを立ち去っていく。その後ろ姿は何かを語っているようだ。

（〝タレこみ情報〟か……まだ、何か起きそうだな、これは）

マリーの成長のお蔭で、公正取引委員会の調査のメスは無傷で済んだ。だがボロン冒険者ギルドに恨みを持つ何者かが、また何か嫌がらせをしてくる予感がある。

「ふう……」

「オーナーお疲れです。紅茶をどうぞ」

とにかく今はひと息つく時間。凄腕の調査官との戦いを終えたマリーに、そっと紅茶を差し出して慰労する。

「あ、ありがとうございます、フィンさん。ごくごく……ふう、美味しい！　しかも甘さもちょうど良くて、頭がスッキリしました！」

「それは良かったです。砂糖には疲れた頭を癒す力がある、と言われていますから、多めに入れておきました」

マリーは事務所でいつも甘味を、こっそり食べるのが好きな少女。甘党なオーナーために、砂糖は多めに入れておいたのだ。

「うん、美味しい！　お替わりが欲しくなっちゃいますね、これ！」

マリーにいつもの笑顔が戻る。元気が戻って本当によかった。

ざわざわ……ざわざわ……

だが、耳を傾けると、なぜかギルド内がざわついている。ちょうど居合わせた冒険者たちが、何やら話をしているのだ。

「おい、あの《毒マムシ》が満足そうな顔で、立ち去っていったぞ!?」

「ああ、そうだな。実はあのマリーっていう経営者、タダ者じゃないんじゃないのか!?」

「それは間違いないな！　お飾りオーナーだと思っていたけど、実はかなりの曲者なんじゃないか!?」

「たしかに！　今後はオレたちも逆らわないようにしないとな！」

彼らが話をしているのは、先ほどの激戦について。腕利き調査官ヒニリスに対して、一歩も退かずに対応していたマリーのことだ。

誰もが尊敬と恐れが混じった視線を、紅茶を飲んでいるマリーに送っている。

「あれ？　ん？　こ、この変な視線は？　よくわからないけど、なんか嫌な予感しかしないですが……なんというか『あのオーナーの子には絶対に逆らわない方がいいぞ』みたいな……」

「それはオーナーの考え過ぎです。あまり他人の視線は気にせずに、どっしりと構えていきましょう」

「そ、そうですか？　それなら良いのですが。それにしても、いきなりどうしてウチのような弱小ギルドに、公正取引委員会の強制調査が来たのかしら？」

落ち着きを取り戻したマリーが、疑問に思うのも無理はない。公正取引委員会が強制調査を行うのは、普通は大きな組織や高ランクのギルドが対象だ。

ボロン冒険者ギルドのような最底辺のランクＦのギルドに、強制調査が入るなどオレも今まで聞いたこともない。

「それにヒニリス捜査官が最後に言っていましたよね。『〝あるタレコミ情報〟があった』って……あれって、どう意味なんでしょう……」

タレコミとは『密告』を意味する言葉。犯罪や不正行為などに関する情報を、関係機関に密かに知らせることだ。

マリーが心配しているように、ヒニリス調査官はたしかにタレこみがあったと言っていた。しかも独り言と当人が言いながらも、実際にはオレとマリーにだけ聞こえるよう呟いていたのだ。

「タレコミですか……オーナーは心当たりありませんか？　誰か他の人に逆恨みされることは？」

「えっ、私ですか!?　えーと、さっきから少し考えているけど、特に思いつかないです……」

マリーは自信なさそうに答えてきたが、彼女が他人に恨まれる可能性は低い。マリーの独特の明るい雰囲気が、他人に不快感を与えないからだ。これも彼女が優れたオーナーとしての資質を持っている理由の一つ。

「安心してください。オレの予想では、恨みを買っているのはオーナーではない、と思います」

「えっ、本当ですか!?　良かった……ん？　でも、それじゃ、誰がいったい今回のタレコミを？」

「それはわかりません。ですが今後も気を付けていきましょう」

世の中には色んな考えの者がいて、人の恨みなど常識では計り知れないことが多い。現時点では仮説や予想では動くことは早急。今後は互いの身辺の安全に、気を付けていくことにした。

調査の翌日。

今日もギルドは大繁盛で、何も事件が起こらずに営業時間が終了となった。オレたち職員も帰宅の時間だ。

「それでは皆さま、フィン様。本日もお疲れ様でした」

受付嬢のクルシュが帰宅していく。神官の職務もある彼女は、いつも一足早く退勤するシフトなのだ。

「クルシュ様、お疲れ様でした！　お気をつけて……って、あれなら大丈夫か。まったく、どうしてあんな凄い聖女様が、ウチなんかの薄給なギルドで働いているのか、本当に謎すぎるわ。はぁ……」

クルシュを見送りながら、マリーは深いため息をついている。理由は帰宅路のクルシュの周りに、数人の護衛がいることについて。

　大神殿に住み込みをしている彼女は毎日、神官騎士の護衛付きで出退勤。かなり仰々しいが、身分の高いクルシュにも色々と不自由があるのだ。

「それではオーナー。我々も帰宅しましょう」

「そうですね。あれ？　フィンさんは、今日はこっちから帰るんですか？」

　今はギルドの営業が終わった、夕方すぎの薄暗い時間。普段ならマリーとレオンの姉弟でも、安全に帰宅できる時間帯だ。

「はい。一応、今日は二人を家までお送りします」

　だが昨日のタレコミの件もあり、今はギルドに何が起こるか予想ができない。成人男性の護衛として、しばらく二人を家まで送ることにした。

「やったー！　フィンさんの護衛付きなら絶対に安全だね、お姉ちゃん！」

「そうね、レオン。これ以上、頼もしいボディーガードはいないわね。はぁ……でも、なんか逆に嫌な予感しかしないのは、私だけなのかな……」

「あっはっは……最近のお姉ちゃんは心配性すぎるよ。それじゃ、今日からお願いいたします、フィンさん！」

　何の戦闘能力もないオレだが、見た目だけなら警護の役にも立つ。こうしてマリーたちと一緒に帰宅するのであった。

八章　襲撃

ボロン冒険者ギルドが何者かに、恨みを買っている可能性が高い。

まだ若いマリーレオン姉弟の護衛として、一緒に帰ることにした。

「さて、いきますか。オーナー」

護衛といってもオレは冒険者ではないので、姉弟と一緒に通りを歩いていくだけだ。

「なんか、こうして三人で歩いていると、新鮮な感じだね、お姉ちゃん！　フィンさんが、お兄ちゃんみたいで！」

「そうね、レオン。でも、こんな得体のしれない兄がいたら、私は家でも気が休まらないわよ。はぁ……」

二人は楽しそうな会話をしながら、王都の下町通りを歩いていく。それにしても本当に仲の良い姉弟だ。

「そういえばフィンさんは、姉弟はいるんですか？」

「こら、レオン。いきなり家族の関係のことを聞くなんて失礼よ。ごめんなさい、フィンさん」

「いや、別に構わないです、オーナー。同じ職場で働く者同士で親睦を深めるために、プライベートな話もたまには必要だと思います」

仕事場は無機質な物体が働く場所ではない。感情のある人同士が集まる場、それが職場なのだ。

そのためある程度のプライベートな話は、潤滑油として必要な時もあるのだ。

「へー、フィンさんも、そういう柔軟なところもあるんですね。意外です。あっ、それなら前からお願いしたかったんですが、私に対する敬語は止めてくれませんか？　いくら私が経営者だと言っても、フィンさんの方が歳上で、ギルド職員として経験と知識も豊富だから」

マリーが切り出してきたのは、職場での敬語の有無について。若い彼女は敬語を使われるのが、あまり得意なのではないのだろう。

「ですがオーナー。職場には他の職員や、お客様である冒険者の耳もあります。職場の順列を守るために、ある程度の敬語は必要かと思います」

「それは有り難い心遣いだけど……あっ、それなら、今みたいなプライベートな時や、レオンとか身内しかいない時は、せめて普通の口調でお願いいたします。通行人から見たら、私が敬語を使わせているみたいで、なんか気まずくて……」

「なるほど、それは気苦労をかけてしまいました。わかりました、オーナー。それなら状況に合わせて敬語を使うのを止めて、今後は普段口調にします——これから改めて、よろしく、マリー。それにレオンも」

経営者に対してタメ語で話すのは、少し気がひける。だがこれも雇い主からの業務命令の一つ。割り切って普段の口調で対応することにした。

「改めて、こちらこそよろしくお願いいたします！　なんか、くだけた口調のフィンさんもカッコイイね、お姉ちゃん！」

「そうね。私が言い出しっぺで、まだ違和感があるけど、これから段々と慣れていくしかないわね。まぁ、どっちにしても、フィンさんの『とんでもなさ』は変わらないと思うけど」

　オレの口調にも、マリーたちは即座に柔軟に対応してくる。これが若さというものなのだろう。

「そういえばレオンの質問の答えが、まだだったな。オレには〝血がつながった〟姉弟はいない。というか孤児だったから家族の存在すら知らない」

　自分は孤児であり、幼い時から師匠に育ててもらった。世間的に見たら、師匠が親の代わりという名目になるのだろう。

　だが〝あの師匠〟が親だという認識は、幼い時から一度も感じたことはない。師匠はあくまでも〝師匠〟であり、決して親という存在ではないのだ。

「そ、そうだったんですか。すみません、答えにくいことを聞いちゃって……」

「気にするな、レオン。よくあることだ」

　大陸では魔物の襲撃や、国同士の戦争によって、常に多くの孤児が生まれる。比較的安全な王都の中で育ってきたレオンにとって、孤児の話はあまり聞かないのだろう。

「それよりもレオンたちの方が、何倍も大変だと思うぞ。何しろ祖父のギルドを受け継いで、姉弟だけで再建しようと奮闘しているんだからな」

　ボロン冒険者ギルドは借金こそはないが、廃業寸前からの再スタート状況だった。だが幼いマリーとレオンは思い出のギルドを守るために、無謀とも思える再建に果敢にも挑戦しているのだ。

同じ働くことでも〝勤め人〟と〝経営者〟とでは、何倍も苦労の差がある。今まで勤め人として しか働いてこなかったオレから見たら、二人の方が何倍も過酷な人生に挑戦しているのだ。

「褒めてもらって、ありがとうございます、フィンさん。でも聞いてください。お姉ちゃんが最初 ギルド再建に挑戦したのはいいけど、まったくの無策で計画性がなくて、本当に勢いだけだったん ですよ！　フィンさんが就職してくれなかったら、お姉ちゃんは今ごろギルドを潰して、路頭をさ 迷っていました！」

「ちょ、ちょっと、レオン!?　そこまで言わなくてもいいでしょ！　まぁ、そりゃ、当時の私が無 計画だったことは少し認めるけど……それでも、思い出のギルドの火は消したくなかったんだか ら！」

姉弟はまた二人で楽しそうに話をしながら、下町通りを歩いている。会話にあるように、たしか にマリーに経営者としての経験と知識は足りない。

だが、何度も言うが、彼女の思い切った行動力は、経営者としての大事な資質。経験や知識は後 から身につけることが可能だが、そういった行動力は天性の才能なのだ。

「とにかくフィンさんには足を向けて寝られないね、我が家は」

「それはレオンの言う通りね。たしかにフィンさんの行動や人脈は、心の臓に悪すぎるけど、『私 は悪魔に魂を売ったつもり』でギルドの再建をしていくんだから！　明日からも頑張らないとね！ さぁ、明日に向かっていくわよ！」

マリーが急ぎ足で入っていったのは、通りから横に入った道だ。雰囲気的に工事をしている区画で、おそらく下町の再開発をしている区画なのであろう。

「もう、お姉ちゃんったら、すぐ調子に乗って……でも、ちょっと待ってよ。そっちの道は危なくない？」

「まだ、遅くないから大丈夫でしょ。今日はこっちの最短ルートで帰るわよ、レオン！」

レオンが心配するのも無理はない。

今は夕方過ぎの時間ということもあり、今日の分の工事は終了していた。ほとんどひと気のない寂しい通りだ。

(ん？　この通りは……少しマズイな)

姉弟の後を付いていきながら、オレは周囲を観察する。

もしもオレがボロン冒険者ギルドに悪意を持つ者なら、この場所で何かアクションを起こす可能性が高い。

それほどまでに襲撃に適した場所だった。とにかく早く、先頭のマリーを止めた方がいいだろう。

「キャッ!?　だ、誰!?　アンタたちは!?」

だが時すでに遅かった。先頭を駆けていたマリーから、小さな悲鳴が上がる。

視線を向けると、数人の男が彼女の進行方向に立ちはだかっていた。

「へっへっへ……ここから先は通行止めだぜ、嬢ちゃん」

「おっと、後ろも通行止めだぜ、兄ちゃんよ」

気がつくとオレの後ろの通路も、数人の男たちによって塞がれていた。相手は全員ナイフや短剣で武装している。どう見てもカタギの市民ではない。

「安心しろ、オレたちは優しいから、命までは取らねぇぜ」

「まぁ、でも三人とも、数週間ほど動けなくなってもらうがな」

「そうだな！　げっへっへっへ！」

ゲスな笑みを浮かべる武装集団に、オレたち三人は完全に包囲されてしまう。

「マリー、レオン、こっちに」

「は、はい、フィンさん」

「お、お姉ちゃん……」

急いで幼い姉弟を近くに呼び寄せ、孤立しないように固まる。周囲を見回して脱出ルートを探す。だがどこにも見つからず、逃げることは難しい状況だ。

「そんなに怖がらなくてもいいぜ、嬢ちゃんたち」

「回復魔法でもしばらく動けなくなる程度にしか痛めつけないからな！　けっへっへ……」

相手は前に六人で、後ろに四人の総勢十人。下品な笑みを上げながら、短剣やナイフを見せて威嚇してくる。

対するこちらは十四歳の少女と十歳の少年。あと成人男性だが、戦闘能力に自信がないオレである。客観的に戦力差を見たら、戦いにすらならない絶体絶命な状況だ。

「ど、どうして、下町に、こんな強盗集団が……」

「どうしよう、お姉ちゃん……」

姉弟が言葉を失っているのも無理はない。基本的に王都の中は貧民街《スラム》などを除き、治安はそれほど悪くない。再開発中とはいえ、この辺は二人が生まれ育った比較的治安が良い下町区画なのだ。

まさかこんなに大人数の武装集団が襲撃してくるとは、夢にも思ってもみなかったのだろう。

「ど、どうしよう、お姉ちゃん……」

「大丈夫よ、レオン。仕方がないけど、有り金を全て差し出して、見逃してもらうしかないわ……くっ」

マリーは自分の財布を取り出し、相手に渡す準備をする。基本的に王都で発生する強盗は、ほとんどが金品目的。有り金を全て差し出せば、命だけは見逃してもらえる可能性が高いのだ。

「待て、マリー。今それは意味がない」

だが財布を出そうとした隣のマリーを、すかさず手で制する。むしろ相手を逆に刺激させるだけだと教える。

「えっ……それって、どういう意味ですか、フィンさん？」

「コイツらは普通の強盗や物取りじゃない。先ほどの連中の言葉を思い出してみろ」

この武装集団は会話の中で『オレたちは優しいから、命までは取らねぇぜ』『でも三人とも、数週間ほど動けなくなってもらうがな』と口にしていた。普通の強盗は開口一番、そんな言葉で脅してこない。

しかも『数週間ほど動けなくなってもらう』などという、具体的な目的まで口にしているのだ。

「た、たしかに！　でも、逆にどういうこと⁉　お金が目当てじゃなくて、私たちが目的だなんて⁉」

「よく考えてみろ、マリー。昨日のギルドでの出来ごとを思い出しながら」

「えっ、昨日の出来ごとですか、フィンさん？」

「あっ、お姉ちゃん……わかったよ。この人たちは誰かに依頼されて、ボクたちを襲撃しているんだ！　もしかしたらタレこみの件と関連性があるかも……ですね、フィンさん⁉」

聡明なレオンは顔をハッとさせる。姉よりも速く正解にたどり着いていた。

「ああ、正解だ。十中八九、間違いなくレオンの言っているとおりだろう」

この連中の態度と口調から、推測できる目的は一つ……『ギルド職員のメインの三人であるオレたちが、しばらく働けなくなること』だ。つまり営業妨害が本当の目的なのだろう。

「えっ、営業妨害が目的⁉　でも、いったい誰がそんなことを⁉　ウチみたいな弱小ギルドを⁉」

襲撃の事実の推測を聞いて、マリーは言葉を失っていた。たしかに彼女の言っている通り、弱小ギルドの営業妨害をするメリットは少ないのだ。

「も、もしかしたら盗賊ギルドの怖い人を怒らせちゃったとか⁉」

「いや、マリー、それは違う。この連中は盗賊ギルドのメンバーではない。かと言って、尾行して先回り包囲した手際から素人でもない」

包囲している連中は、明らかに無法者。だが盗賊ギルドのメンバーのような独特の鋭さはない。だからといって素人でもない。

その証拠にボロン冒険者ギルドから、ここまでオレたち三人を尾行。待ち伏せに有利なこの再開発区画で、一気に包囲をしてきたのだ。

今はオレが軽くひと睨みしているが、素人の威嚇などほとんど意味はないだろう。相手はそれほどの存在なのだ。

「盗賊ギルドでもなく素人でもない武装集団……フィンさん、それって、もしかして……」

「ああ、彼らは冒険者。悪事を専門とする《裏冒険者》だ」

冒険者の中には違法行為を専門に受注する、《裏冒険者》と呼ばれる集団が存在する。あまり表に出てこない連中だが、雰囲気的にコイツらで間違いないだろう。

「裏冒険者……そ、そんな違法を専門にする冒険者がいたの!?」

マリーが生まれ育ったボロン冒険者ギルドは、祖父の代からまっとうな経営を行ってきた。そのため、裏冒険者のことを彼女は知らなかったのだろう。

「信じられない……そんな奴らを〝冒険者〟って呼んじゃダメなのに……」

何より冒険者という存在に、マリーは敬意を表している。違法行為を行う連中の存在に、ショックを受けているようだ。

（アイツとアイツは……）

マリーに言ってはいないが、襲撃者の数人に見覚えがある。彼らは一年ほど前に、一度だけ前の職場で見た顔。間違いなく冒険者だった連中だ。

（前の職場に来たことがある冒険者が、裏冒険者としてオレたちを襲ってきた……か。まさか今回の首謀者は……）

――――更に第三者がここへ乱入してきた。

「おい、お前たち！　さっきから、どういうつもりだ！」

乱入してきたのは、ヒステリックな叫び声の男。体格はいいが小太りな中年男性で、見覚えがある顔だった。

「リッパー……。やはりそうだったか」

嫌な予想が当たってしまう。襲撃者の首謀者は、かつて勤めていたギルドの経営者。リッパー冒険者ギルドのオーナーのリッパーだったのだ。

「おい、お前たち！　どういうつもりだ！　早く依頼どおり、あの三人を……フィンを痛めつけるのじゃ！」

乱入してきたリッパーは叫ぶ。一行に動こうとしない裏冒険者たちに、ヒステリックな叫び声で命令を下している。

「リッパーの旦那、そう叫ぶなよ」

「よくわからないが、オレたちさっきから足が重いんだ」

「ああ、お前もか？　あのフィンというヤツの視線を受けてから、オレも何か妙に嫌な感じがして動けないいんだよな」

彼らは違法行為を生業とする裏冒険者たち。リッパー冒険者ギルドは正式に協会に所属していないため、彼らに違法な仕事を発注できない。

「なんじゃと!?　『フィンの視線を受けてから、足が重い』じゃと!?　そんな馬鹿な話があるわけないじゃろう！　ヤツは田舎から出てきた素人じゃぞ！　〝いつものように〟サッサと仕事に取りかかれ！」

だがリッパーや彼らの会話は明らかに、慣れた様子。おそらく今までも何度も仕事をした仲なのだろう。

奴の下で二年間働いていたが、そんな違法な仕事の帳簿を見たことはない。おそらくリッパーだけが個人的に、彼らと仕事のやり取りをしていたのだろう。

とにかく、このままでは刃物沙汰になってしまう。冷静に元上司の説得を試みる。

「リッパー……さん、どうしてこんなことをするんですか？　冒険者に違法な行為を依頼するのは、協会によって禁止されています。それにボロン冒険者ギルドのような小さなギルドを潰したところで、リッパーさんには何の利益もありませんよね？」

相手は無頼漢を雇って、自分たちを傷つけようとしてきた犯罪者。だが一応は二年間世話になった上司だ。

オレは最終宣告のように、あえて丁寧に冷静に伝える。今すぐこんな意味のないことは止めるべきだと。

「はぁああ!?　今さら何を言っているのじゃ、キサマは!?　フィン、キサマのせいでウチのギルドの経営はボロボロなんじゃぞ!?　だから公安にタレコミをして、潰してやろうとしたのに……じゃが、あの男も『毒マムシ』なんて大層な呼び名の割には、何の役にも立たずで！　クソッたれが！」

リッパーが口にしている『毒マムシ』とは、公正取引委員会のヒニリス調査官のことだろう。これは間違いない自白。昨日の強制調査が行われたのは、リッパーがタレコミをしていたからなのだ。

だが奴の言葉の中には、気になる点があった。特に経営状態について。逃げ出す隙を探す時間を稼ぐため、あえて相手の会話にのる。

「経営がボロボロに？　いったいどうして？」

オレが勤めていた時は、リッパー冒険者ギルドの経営は正常な状態だった。むしろ王都の中でも勢いがある方で、多くの公共依頼や大手からの依頼で、莫大な利益を出していたのだ。

辞めてまだ一ヶ月ちょっとの期間で、いったい何が起きたのだろうか？

「『いったいどうして？』じゃと!?　まだ、そんな白《しら》を切れるのか、キサマは!?　一気に登録冒険者が抜けて、大手からの取引も切られて、経営が悪化しているのじゃぞ！　これも全てキサマが裏で糸を引いていたのじゃろ!?」

「オレが裏で糸を……ですか？　申し訳ありませんが、それは何かの勘違いです」

オレは前職でも今も、一介のギルド職員でしかない。そんな存在が一人だけ辞めたところで、そこまで経営が傾くはずはない。

もちろん前職を陥れるようなことはしていない。リッパーは何かの勘違いをしているのだろう。とにかく状況的に、こちらは興奮せずに、相手に冷静になってもらうしかない。

「冷静になってください、リッパーさん。ここでオレたちを痛めつけて、ボロン冒険者ギルドを営業できない状態にしても、何もそちらの事態は変わりません。それどころか、違法行為の首謀者として、リッパーさんの経営権も剝奪されてしまいますよ？」

襲撃の首謀者がリッパーであることは、もう奴が自分で告白している。つまりオレたちが憲兵に通報したら、リッパー冒険者ギルドは即座に経営権が剝奪されてしまうのだ。

「ガッハッハ……！　そんな心配をしてくれなくても結構だぞ、フィン！　なぜならキサマら三人はこの場で『物言わぬ存在』になるんだからな！」

「えっ……『物言わぬ存在』って、それって……」

リッパーの言葉を聞いて、マリーの顔が真っ青になる。相手の目的に気がついたのだ。

先ほどまでヒステリックだったリッパーの顔が、壊れたような表情へと変わっていく。

「おい、お前たち。依頼の変更じゃ。あの三人を〝消せ〟！」

「ですがリッパーの旦那。痛めつけるのと消すのとでは、依頼金が変わっちまいますぜ？」

「ふん！　金なら最初の約束の倍……いや、三倍出すぞ！　それなら文句はなかろう!?　とにかくあの目ざわりなフィンとボロン冒険者ギルドの連中を、この世から消すのじゃ！」

リッパーはすでに経営者としての正気を失っていた。自分の欲望と目的のために、足を踏み入れてはいけない領域へと至っていたのだ。

「はぁ……了解ですぜ、旦那。よし、お前ら、仕事の変更だ。痛めつけるのは無しで、サクッと消して終わらせるぞ」

「「「へいっ！」」」

包囲して裏冒険者たちの雰囲気も変わる。

先ほどまでの下品な薄ら笑いは消え、誰もが危険な表情になる。違法行為である〝殺しのプロ〟としての危険な殺気を発してきたのだ。

「あんたたち三人に恨みはないが、運命だと思って諦めてくれ」

リーダー格の男の指示で、他の裏冒険者たちが動き出す。短剣やナイフを構えながら、じりじりと包囲網を狭めてくる。その動きには隙はなく、オレたちを一人も逃さずに一気に殺そうとしているのだ。

「お、お姉ちゃん……ど、どうしよう……」

「わ、私の後ろに隠れていなさい、レオン……」

相手は明らかに殺人に慣れたプロの武装集団。マリーとレオンは逃げ出すことも叶わない。姉弟は互いにかばい合うようにする。

「ガッハッハ……！　これでお終《しま》いだぞ、盗人フィンめ！　ワシに歯向かったことを、あの世で後悔するのじゃ！」

他にひと気がない区画に、リッパーの笑い声だけが響き渡る。自分の勝利を確信した、下品な犯罪者の高笑いだった。

「これは絶体絶命という状況か……」

絶体絶命な状況を再確認して、オレは思わずつぶやく。

戦乱が多いこの大陸では、理不尽なことが多い。正義が必ず勝つ訳ではなく、正しく生きてきた正直者が報われないこともあるのだ。

特に自分のように一介のギルド職員である無力な男に、このような理不尽な状況は打開できないだろう。

「ふう……マリー、レオン。オレの後ろに隠れていろ」

だが今のオレは一介のギルド職員である前に、一人の大人の男。少女であるマリーと少年であるレオンを、大人として守る義務がある。

たとえこの身が傷つこうとも、二人だけは無傷で家に帰してやるべきなのだ。

「さて……あまり、こういうのは得意ではないが、今はなりふり構ってられないな」

正気を失ったリッパーとの交渉は決裂した。

二人を守るために、オレは〝少しだけ〟荒事を覚悟する。

「二人ともよく聞け。後方にオレが突破口を開く……」

このままでは十人の荒くれ共に、三人とも血祭りにあげられてしまう。生き残るためには、包囲網を突破する必要がある。狙い目は相手の人数の少ない後方だ。

「そこから二人は全力で大通りに駆け抜けていくんだ」

マリーとレオンの力では裏冒険者には敵わない。だが二人ともすばしっこさがある。オレが突破口さえあけられれば、ここから脱出できる可能性が微《かす》かにあるのだ。

「で、でも、それだと残るフィンさんが!?」

「大丈夫だ、マリー。オレ一人だけなら、何とかなる」

「そ、それでも、フィンさんだけ置いては……」

「お姉ちゃん。ここはフィンさんのことを信じよう！　ボクたちは憲兵を呼びに行こう！」

「そ、そうね。わかったわ、フィンさん。私たちが誰かを呼んでくるまで、絶対に無茶しないでくださいよ！」

利発なレオンの説得もあり、なんとかマリーも作戦に納得してくれた。

オレの立てた作戦はシンプルなもの。まずは後方の四人の男の方に向かって、マリーとレオンがいきなり駆け出す。

相手の意表をついたところで、オレが落ちている建築角材で相手を牽制。そのまま二人が脱出できる突破口を開く。

二人が脱出できた後は、男たちに追いかけられないように、オレが立ちふさがり木の棒で再び牽制。二人が安全な大通りまで時間を稼ぐ作戦だ。

（作戦か……そう呼ぶには、あまりにも無謀だな……）

二人には伝えていないが、この作戦には大きな穴がある。それはオレが戦闘に関して素人なことだ。

たとえリーチのある木の棒を振り回しても、荒事に慣れたプロの冒険者相手には通じないだろう。

（だが……今は）

マリーとレオンが退避する時間は、絶対に稼がないといけない。たとえその後に、オレが十人の武装集団によって血祭りにされようとも。

（だがオレもこんなところで死ぬ訳にはいかない……たとえわずかな確率でも、絶対に生き残ってやる）

ボロン冒険者ギルドの経営再建は、まだ始まったばかり。残っている改革の仕事は多い。こんな所で犬死する訳にはいかないのだ。

「ん？　なにか、抵抗するつもりか、フィン!?　止めておけ！　こいつらは殺しのプロだぞ！　キサマのような素人が抵抗しても、痛みが増して死ぬだけだぞ！」

「そうだな、リッパー。たしかにお前の準備は万端だ。だがオレたちはボロン冒険者ギルドの職員。むざむざと死ぬ訳にはいかないのさ！　マリー、レオン、今だ！」

リッパーとオレの大声の会話に、裏冒険者たちの注目が一瞬だけ集まっていた。その瞬間を見逃さず、オレは二人に合図を送る。

「「はい！」」

先ほどの作戦通り、マリーとレオンは動き出す。低い姿勢から、後方に向かって一気に駆け出していく。

「なっ!?　に、逃がすな！　そのガキたちを捕まえろ！」

まさかの少年少女の行動に、リッパーは虚を衝《つ》かれたのだろう。大慌てで裏冒険者に指示を出す。

その時、相手の全員の意識が、駆け出したマリーとレオンに向けられる。

「よし、今だ！」

その新たなる隙を狙い、オレも動き出す。地面に落ちていた建築用の角材に、すぐさま手を伸ばす。後方の四人の冒険者を、作戦通り牽制するためだ。

（さて、いくぞ。……ん？　ああ、そうだ。逃走できる確率を上げるために、マリーたちに支援魔法をかけてやらないと）

素人であるオレは冒険者のように、攻撃魔法や回復魔法などは使えない。だが育ての親である師匠から支援魔法を教わっていた。

まぁ、支援魔法といっても、冒険者が使うような戦闘用の本格的なものではない。あくまで〝少しだけ〟生活を便利にしたり、育った家の近隣の〝弱い害虫〟を駆除する程度の力しかないものだ。

（きっと雀の涙程度の効力しかないかもしれないが、今は少しでも確率を上げるために使おう……

【身体能力強化《弱》】！）

フォ――――ン♪

マリーとレオンの全身が光を帯びる。彼らを対象にして、オレが支援魔法を発動した。これによって〝ほんの少しだけ〟二人の身体能力がアップしたはずだ。

「ん？　え？　な、なにこれ、足が勝手に!?」

「お、お姉ちゃん、ボクもだよ！　まるで自分の身体じゃないみたいに、勝手に!?」

支援魔法を受けて、姉弟の駆ける速度が上昇。何事かと戸惑っていた。

ヒュイ――――ン！

二人は一瞬で〝音を超える速度〟に到達。そのまま空気の壁を突き破る。

シュン、バン！

次の瞬間だった。後方で立ち塞がっていた二人の裏冒険者が、もの凄い勢いで吹き飛んでいく。

ドッ、ガ――――ン！

直後、凄まじい激突音と共に、工事中の建物外壁に裏冒険者はめりこむ。

「「な、なっ!?」」

まさかの出来ごとにリッパーたちは言葉を失っていた。

「「えっ？　えっ？」」

そして吹き飛ばした当人のマリーとレオンも、立ち止まって唖然としている。この場にいる誰もが、何が起きたか理解できていなかったのだ。

これはマズイ。二人に説明をしてすぐに再行動してもらわないとな。

「えっ？　こ、これって、何が起きたの？　いきなり人が飛んでいったんだけど!?」

まさかのことに、マリーは目を丸くして足を止めていた。自分たちが何をしたか理解できずにいるのだ。

「お、お姉ちゃん……もしかしたらボクたちが、あの二人にぶつかって、吹き飛ばした……んじゃ？」

聡明な弟レオンは状況から推測する。唖然とする姉に仮説を説明していた。

（さすがはレオンだな）

支援魔法で身体能力が強化されたマリーとレオンは、上手く曲がることができず、そのまま裏冒険者に体当たり。結果として体当たりの要領で吹き飛ばしてしまったのだ。

「えっ……私たちが、あんな巨漢の二人を、体当たりで吹き飛ばした、の!?」

マリーがまだ状況を理解できないのも無理はない。何しろ彼女たちが吹き飛ばしたのは、筋肉隆々の大人の裏冒険者たち。小柄な自分たちがどんなに全力でぶつかっても、逆にこちらに吹き飛ばされてしまう相手なのだ。

「あっ……も、もしかして、フィン……さんが?」

混乱していたマリーの視線が、こちらに向けられる。何かに気がついた様子。これならオレが説明しても、ちゃんと聞いて理解してくれるだろう。

「ああ、そうだ。オレのつたない支援魔法で、二人の身体能力を〝少しだけ〟強化しておいた。今のうちに大通りにいけ」

なぜオレの未熟な生活レベルの支援魔法で、冒険者が吹き飛んだのかはわからない。もしかしたらマリーとレオンは未知なる武術の才能を、隠し持っているのかもしれない。

だが今はそんなことを探っている時ではなく、二人が脱出する好機だった。

リッパーと裏冒険者たちは、まだ目を丸くして唖然としている。マリーとレオンが退避するには、今しかないのだ。

「こ、これがフィンさんの支援魔法……よくわからないけど、自分の身体が何倍も強くなったような、とにかく得体のしれない怖さしかないわ……」

「でも、お姉ちゃん。フィンさんの言う通り、今がチャンスだよ！　大通りに逃げて、助けを呼んでこようよ！」

「そ、そうね！　それじゃ助けを呼んでくるから、フィンさん、無理をしないでね！　いや……でも、あのフィンさんだったら心配する必要はないような……むしろやり過ぎて相手の人たちの命が……」

何やらブツブツ言いながらもマリーは、レオンと立ち去っていく。見事な状況判断と行動力。あの分なら無事に安全な場所に退避できるだろう。

「な!?　ガキ共が!?　おい、お前たち！　あのガキ共を逃がすな！　今すぐ追うんじゃ！」

マリーとレオンが駆け出したことで、リッパーはようやく我に返る。唖然としていた裏冒険者に、ヒステリックな声で命令を下す。

「だ、だが、リッパーの旦那。あのガキ共は普通じゃなかったぜ!?」

「あのトムソンとサムの二人を、一撃で吹き飛ばすなんて、もしかしたら腕利きのガキじゃないですか？」

「ああ、だな。ガキでも生まれつきヤバイ奴はいるからな、この世にはな」

「簡単な依頼だ、っていう話が違うぜ、旦那」

雇い主リッパーの命令にも、裏冒険者たちは動かなかった。なぜなら彼らが受けた依頼は、なんの戦闘能力も持たないオレたち三人に危害を加えること。

だがマリーとレオンは体当たりだけで、武装した大人を吹き飛ばす腕利きだった。金よりも命を大事にする彼ら裏冒険者は、雇い主リッパーを疑い始めていたのだ。

「な、なんだと、キサマら!? くっ……それならガキ共は追わなくてもいい。あのフィンの方を確実に始末しろ！ 金は最初の五倍支払う！ ヤツだけは絶対に許すな！」

リッパーの命令が更に変更される。目に復讐の炎を燃やしながら、オレのことを睨みつけてきた。

「ひゅー、五倍っすか。了解した、旦那。おい、さっきのガキたちが戻ってくる前に、さっさと終わらせるぞ。お前ら！」

「けっけっけ……あんな素人を一人始末しただけで、五倍の報酬か。これは美味しいな」

「だな、さっさと終わらせて飲みにいこうぜ！」

報酬の増額を聞いて、裏冒険者たちの目の色が変わる。

ナイフや短剣を構えて殺意を剝き出しにしてきた。マリーとレオンの退避路を塞いでいるオレを、ゆっくりと包囲してくる。

（オレ一人にターゲットを絞ってきた……か）

正直なところこれは有り難い相手の行動。連中の会話から、このまま引きつけておけば相手はマリーとレオンを追うことはないのだ。

（オレも頃合いを見て退避するか？ いや、それもマズイ展開になるかもな……）

正直なところこの場から退避することは、なぜか簡単にできそうな気がする。だがオレが姿を消してしまえば、こいつらは再びマリーとレオンを追う危険性があるのだ。

（つまりオレがここで時間を稼ぐ必要がある……な）

マリーたちが大通りで憲兵を呼んできたら、リッパーたちを逮捕できる。根本から危険を根絶できるだろう。

そのために今のオレができる最善の行動は、裏冒険者たちを足止めすることなのだ。

「ふう……さて、やるしかないか、状況的に」

意を決したオレは角材を構える。刃物で武装したプロ集団に、こんな建材は通じないだろう。

だが追い詰められたネズミは時には、大きな猫を噛み返すこともある。勝てる確率はゼロに近いが、最後まで諦めないのだ。

「おい、こいつ、一丁前にヤル気だぜ!?」

「あっはっはっは……そんな素人丸出しの構えで、止めておきな兄ちゃん」

「ああ、そうだぜ。無意味に抵抗しても、逆に急所を外れて、苦しんで死ぬだけだぜ！」

対人戦に優れた者は、構えを見ただけで相手のある程度の力量がわかるという。素人丸出しの構えのオレを見て、裏冒険者たちはあざ笑ってくる。

「ん？　だが、もしかしたら、コイツも隠れた腕利きの可能性はないのか？」

「ああ、たしかに。さっきのガキどもみたいに、弱いフリをしている危険性もあるな？」

「だな。一応は警戒していくぞ」

裏冒険者の中には、こちらを警戒している者もいた。腕利き剣士の中には、あえて素人丸出しの構えで相手を油断させる達人もいる。万が一の危険性を、相手は警戒しているのだ。

これは相手の完全な勘違いだが、オレにとっては有り難い状況。このまま警戒してくれたら、時間が稼げる。

「おい、お前たち！　何をモタモタしておるんじゃ!?　そのフィンは隠れた腕利きでも、剣の達人でもないぞ！　名も無い山奥から出てきた、ただの事務員じゃぞ！」

そんなチャンスを狡猾なリッパーが潰してきた。オレが王都に出てきた時に、ヤツは最初の雇い主。素人であることをお見通しなのだ。

「なるほど、ダンナ。了解したぜ！　こいつは本物の素人だったのか」

「ちっ、警戒して損したぜ！」

「おい、さっさと仕留めて、この場からズラかるぞ」

リッパーからの有益な情報を得て、裏冒険者たちの顔の表情が変わる。短剣やナイフを構えながら、ゆっくりと包囲網を縮めてきた。

一対一で正々堂々と戦うつもりは皆無なのだろう。このまま数人がかりで、一気にオレの命を消し去るつもり。かなり危険な状況だ。

（いよいよか。〝焼け石に水〟だと思うが、この角材にも支援魔法をかけておくか）

何の変哲もないない角材に支援魔法を発動して、襲撃に備える。

「いくぜ！」

その時だった。正面の一人が大声で上げて、斬りかかってくる。

「「はっ！」」

同時に左右の二人も動き出す。正面の大声は作戦だったのだ。

あえて大声をだすことで、対象者からの注目を浴びる。その隙に左右の二人が、オレの死角から斬り込んでくるのだろう。なかなかの連携だ。

（さて、角材で迎撃をするか……ん？　だが、待てよ。こういう対人戦は、どう対応すればいいんだ？）

ふと、そんな疑問が浮かんできた。マリーたちには、『オレが時間を稼ぐ！』と大見得を切った。だがオレ自身には対人戦の剣の経験がないことを、急に思い出したのだ。

（対人戦か……この角材を振り回して、相手を近づけないようにすればいいのか？　いや、相手は鋭利な刃物や革鎧で武装している。はたして、こんな細い角材が通じるのか？）

自分の手にした角材を見ながら、色んな疑問が浮かんできた。疑問を解決しない内は、下手に動かない方がいいかもしれない。

（とりあえず……今は時間があるな）

有りがたいことに、相手の動きはなぜかスローモーションで遅く見える。今のうちに打開策を、今までの経験から思い出すこととした。

（今までの経験か……あえてあるとしたら『師匠からのしつけ』と『家の近隣の害虫駆除』くらいか、オレの場合は？）

師匠は少し変わった性格だが、しつけは幼い時から厳しくされてきた。そのため多少の荒事でもオレは気にしない性格に育った。

またオレが育った家は辺境にあったため、よく〝害虫〟が出没。駆除するのもオレの家事の一つだった。今思うとその二つは、一応は荒事の経験になるのだろう。

だが、しつけや害虫駆除は近接戦闘とはまるで違う。

（ふう……仕方がない。ダメ元で〝害虫駆除感覚〟で、角材を振り回してみるか）

オレにある経験はそれだけ。やってみるしかない。

さて、いくぞ。

なぜかゆっくりと斬り込んでくる襲撃者たちに、オレは意識を戻すことにした。時間がまた動き出す感覚になる。

「死にやがれぇ！」

叫んで突撃してくる正面の男が、視界に入る。その動きはなぜか遅いが、油断はできない。

なぜなら『剣術の達人の動きは逆にゆっくりと見える』と聞いたことがあるからだ。

「とりあえず迎撃してみるか……はっ！」

見よう見まね気合の声と共に、角材を振り回す。対象は正面の男だ。

ブッ――――フォン！

直後、角材の先端から〝光のようなもの〟が放たれる。

光は正面の男に直撃。

ザッ、バ――――ン！

少し間を置き、衝撃波が発生。謎の光から衝撃波が発生したのだ。

「う、うぎゃっ――――！」

「ぎひゃ――――！」

「あぎゃ――――！」

衝撃波を受けて、襲撃者がふき飛んでいく。

背後にいた裏冒険者も巻き込まれている。彼らは情けない悲鳴を共に、吹き飛んでいく。

かなり派手に吹き飛んでいったが、辛うじて全員の命はある様子だ。

「な、な、なんだ、今の閃光と衝撃波は!?」

「ま、まさか、こ、こいつ魔法使いだったのか!?」

「お、おい、ビビるな！　だとしても、この間合いは、オレたちの有利だ！」

相手はなぜかオレのことを魔法使いだと勘違いする。回り込んでいた二人の襲撃者は作戦を変更。

怯えながらも再び斬り込んでくる。

仲間を犠牲にしても任務を達成するつもりなのだ。

「死ねぇえ！」

鋭い短剣の刃先が迫ってくる。棒立ちなオレを、切り刻む凶刃だ。

（これは回避しないと。ん？　いや、待てよ。そもそも、コレは回避する必要があるのか？）

刃先を目にして、そんな疑問が浮かんできた。なぜなら迫ってくる短剣には、特に何も〝脅威〟を感じないのだ。

今までの経験の中で比べるとしたら、〝師匠のしつけ〟や大きめの害虫の攻撃の方が、何十倍も脅威。つまり『回避する必要すらない』可能性が高いのだ。

（だが相手は腕利きの冒険者。やはりちゃんと回避した方が良いんじゃ？　いや、そもそも『剣の攻撃の回避』は、どうするものなんだ？）

今まで剣同士で稽古など、一度もしたことがない。そのため相手の剣を回避する概念が、オレの中にはないのだ。

（それなら、とりあえず受けてみるか？）

師匠のしつけや害虫の攻撃を受けることなら、今までも経験したことがあった。だから慣れない回避よりも、今回は受けることを選択する。

「コイツ、棒立ちだぞ!?」

「やはり近接戦闘は素人だったみたいだな！　いくぜ！」

勝利を確信した相手は、奇声をあげながら短剣で斬り込んできた。相手はなぜかオレのことを魔法使いだと勘違いしている。だからこのまま相手の急所を突き刺し、絶命させるつもりなのだ。

「貰った！」

「死ねぇえ！」

二つに凶刃が左右から襲ってきた。オレは全身に〝少しだけ〟気合い入れて、防御の体勢にはいる。

バッ、キ――――ン！

直後、甲高い金属音が鳴り響く。

オレの身体に直撃したはずの短剣が、見えない障壁に衝突。衝撃音を発生させたのだ。

「な、な、何が起きたんだ、今!?」

「コ、コイツに刺したはずの短剣が、何かに跳ね返されたぞ!?」

まさかの事態に、二人の襲撃者は固まっていた。対人戦に慣れた彼らでさえ、何が起きたか理解できずにいたのだ。

直後、オレの周囲に変化が起きる。

ザッ、バ――――ン！

先ほどと同じように衝撃波が発生したのだ。

「ん？　アギャー！」

「おい、どうした!?　うっ、あぎゃ――――！」

周囲にいた襲撃者は、衝撃破を受けて吹き飛んでいく。まるで『自分たちの攻撃の何倍もの反射攻撃をくらった』かのような吹き飛び方だ。

ザッ、バ――――ン！

衝撃波は他の裏冒険者にも襲いかかる。

「「う、ぎゃ――――!?」」

残っていた全員がふき飛んでいく。かなり派手に飛んでいったが、〝謎の手加減〟が発生した模様。裏冒険者たちは辛うじて命はある様子だ。

「ば、ば、馬鹿な!?　い、い、いったい、何が起きたのじゃ!?」

まさかの状況にリッパーは唖然としている。雇った裏冒険者は、衝撃波によって吹き飛んでしまい、全員が戦闘不能になり、残るはリッパー一人だけになってしまったのだ。

「さてな？　オレもよくわからないが、奴らは運が悪かった、ということだろう」

正直なところ当事者であるオレも、今の事態は飲み込めていない。だが、こんな時だからこそあえてハッタリをかまし、冷静でいることが重要。余裕の態度でゆっくりとリッパーに近づいていく。

「ひっ!?　こっちに来るんじゃない、化け物が!?」

まるで〝危険な存在〟でも見るような怯えた顔で、リッパーが叫んできた。まったく心外だ。

「くっ、くそっ！　こうなったら！」

追い詰められたリッパーは、懐から何かを取り出す。赤黒い光を放つ魔石だ。

あれは……何かの召喚《しようかん》石だろうか？　かなり怪しげで危険な品物だ。

「ガッハッハ……！　これで貴様も終わりだ、フィン！」

召喚石をオレに向けて、リッパーは勝ち誇っている。おそらく切り札として用意したものなのだろう。

「それは普通の召喚石じゃないな。その形状からして、まさか《魔族召喚石》か？」

魔石辞典の内容を思い出す。召喚石の中には《魔族召喚石》という特殊な物がある。

名前通り魔族を召喚可能。魔族は強靭な肉体と、強大な魔力を有した危険な存在だ。

「ああ、ご名答だ、フィン！　いくらお前が不可思議な術を使ってこようが、魔族相手では手も足もでないぞ！」

リッパーが口にしているように魔王の加護を有する魔族は、魔法に対する抵抗力が高い。もちろん一般市民のオレには絶対に敵わない危険な魔物だ。

「落ち着け、リッパー。たしかに今、その《魔族召喚石》を使えば、お前は一時的に優位に立てる。だが、魔族を召喚するのは自殺行為だぞ？」

《魔族召喚石》によって召喚された魔族は、強大な力で相手を消滅させる。だが魔族の力は強大で、使役できるのは一時的なもの。すぐに召喚者に襲いかかり、その後は周囲に被害をだすのだ。

「それにお前はなぜ、そんな危険な物を持っているんだ？　法律違反だぞ」

危険な《魔族召喚石》は各国の法律によって、所有と売買が禁じられている。王都では所有しているだけで、重大な罰に処されるのだ。

「うるさい、黙れ！　キサマのような奴に心配される筋合いはない！　ワシはどんな手段を使ってでも、キサマに復讐をしてやるのだ！　そのために全財産をはたいて、こいつを〝ヤツ〟から買ったのじゃ！」

リッパーはすでに冷静さを失っていた。自分の命すら投げ捨ててまで、オレに対して強い復讐心を抱いている。もはや説得は難しい状況だ。

（魔族の召喚か……これはマズイな）

危険な魔族は召喚された場合、この近隣に被害が及ぶ。おそらく下町一帯は火の海になるだろう。マリーとレオンにも被害が及ぶ可能性が高いのだ。

（なんとか召喚の発動を止めないとな。イチかバチか飛び込むしかないな……）

大事な職場仲間は何とかして助けたい。幸いにもリッパーまでの距離は遠くない。相手が召喚を発動させる前に、角材で召喚石を叩き落とせば阻止できるはずだ。

「死ね、フィン！　これでワシの勝ちだ！　ワシこそが王都一の冒険者ギルドのオーナーなのじゃ！　『エクス・デクス・デーモン』！」

リッパーが動き出す。

何かの呪文を唱える。おそらく召喚石を発動させるキーワードなのだろう。

「させるか！」

オレも即座に動く。手にしたままの角材で突撃していく。狙うはリッパーの手元。魔族が出現する前に、召喚石を叩き落とせば無力化できるはずだ。

ブッ、フォ————ン！

その時、召喚石から〝何か〟が出現する。

五メートル以上はある人型の漆黒の巨人。手には鋭い槍を持っていた。

「おぉおお！　これが魔族の中でも特に強力な《上級魔族》か!?　なんという禍々しく恐ろしい風貌じゃ!?　だが、この威圧感は本物！　さぁ、あの無礼な男をその三叉の槍で突き殺すのじゃ！」

リッパーは漆黒の巨人に向かって、何かを命令していた。自分が召喚したモノを、魔族だと言いはっている。

（魔族……）

魔物辞典によると魔族の外見は人智を超えた禍々しさがあるという。一般人は目にしただけで腰を抜かし、全身が恐怖で震えてしまうと。

（だが〝あんなモノ〟が魔族なはずはない。どうやらリッパーは偽物でも摑まされたようだな）

出現した漆黒の巨人は、そんな恐怖の瘴気を発していない。一般人であるオレが目にしても、それほど恐怖は感じられない。

むしろ酒を切らして機嫌が悪くなって、鬼のような角が生えてきたオレの師匠の方が、何倍も怖いし、威圧感がある。

つまりリッパーが召喚した巨人は魔族などではない。デカいだけの低ランクの魔物か何かだろう。

『グッフヌヌ！　愚かな人族よ。よかろう、キサマの願いを、この《上級魔族》アヌビウス様が叶えてやろう。だが、その後は、キサマとこの街の住人ごと皆殺しだがなぁ！』

デカいだけの低ランクの魔物は、自分のことを《上級魔族》アヌビウスと偽り、高笑いを上げていた。三又の槍先をオレの方に向けてくる。

「よくわからないが、邪魔をするな！」

低ランク魔物なら勝機はまだある。相手に構わずオレは突撃していく。

狙うはリッパーが手にしている召喚石。手から叩き落とせば、この低ランクの魔物も姿を消すはずだ。

「いくぞ……はっ！」

また見よう見まね気合の声と共に、角材を振り下ろす。

ブッ――――フォン！

直後、また角材の先端から〝光のようなもの〟が放たれる。

『なっ!?　この光の斬撃はいったい何だ!?　こ、この《上級魔族》であるオレ様が防御できないなんて!?　まさか聖剣クラスの斬撃!?　い、いやそれ以上の斬撃をコイツは!?　ウッ、ギャ――――!』


光の斬撃は低ランクの魔物に衝突。そのまま巨体を真っ二つに斬り裂く。

これは予想外の出来ごと。本当はリッパーの持つ召喚石を狙ったのだが。

パッ、キ――――ン!

だが少し間を置き、リッパーの手にしていた召喚石も真っ二つに割れる。これは運が良かった。

おそらく本体と召喚石が連動していたのだろう。

「なっ、なっ、なっ、なんだと!?　《上級魔族》が一撃で真っ二つに!?　フィ、フィン……キサマ……いったい何者なのだ!?」

切り札を失いリッパーは呆然としていた。まるで化け物でも見るように、オレを凝視してくる。

「ん、オレか?　オレはただの冒険者ギルドの事務職員だ。お前も言っていたようにな」

「なっ!?　キサマのようなただの事務職員がいてたまるか!　くそっ……こうなったら、王都の査問委員会にキサマのことを訴えてやるぞ!　罪状は何でもいい!」

査問委員会は悪質な市民を告発する場所。まさか悪徳経営者リッパーの口から出てくるとは思ってもみなかった。この男はもはや錯乱状態なのだろう。

だが査問委員会に訴えられるのは、こちらも少々面倒だ。ボロン冒険者ギルドに多少の迷惑がかかる可能性があるのだ。

「さて、どうしたものか……ん?」

――――大通りの方から、別の集団がやってくる。

人数は二十人くらい。赤と黒での武装で統一された騎士団だ。

「あの紋章は……《王国竜鎖騎士団》か？」

騎士団の身につけている紋章に、見覚えがあった。

《王国竜鎖騎士団》は数ある王国の中でも、特殊な存在。

主な任務は『王国内の秩序を乱す存在の逮捕と処罰』だ。

その権力は王国内でも大きく、悪質な大商人や貴族ですら逮捕の対象。騎士団は強制的に調査して逮捕する権利があるのだ。

「おお!? アレは《王国竜鎖騎士団》の方々か!? ガッハッハ……これでキサマもお終いだ、フィン！ ワシは《王国竜鎖騎士団》の団員の一人と、懇意にしているんだぞ！」

自分の救援が現れたかのように、リッパーは歓喜の笑い声を上げる。おそらく懇意の団員に根も葉も無い証言をして、オレに全ての罪をかぶせるつもりなのだろう。往生際の悪い男だ。

（それにしても《王国竜鎖騎士団》が、どうして、こんな所にきたんだ？）

単純に勝ち誇ったリッパーに、構っている場合ではない。

（〝何か〟あったのか……この件は？）

《王国竜鎖騎士団》は街の憲兵のように、気軽に出動する存在ではない。かなり大きな事件しか取り締まらない。徹底的に調査をして、証拠を集めてからしか出動しない。

つまり彼らが今回ここに来たのは、偶然ではない可能性が高いのだ。

「全員、止まれ！」

《王国竜鎖騎士団》は一直線にこちらにやってきた。先頭の指揮官らしき騎士の号令で、オレとリッパーの前で停止する。

騎士たちは兜《かぶと》を被っているため顔は見えない。そのため独特の威圧感がある。

「そこにいる者。『リッパー冒険者ギルドの経営者リッパー＝オルン』で間違いないか？」

先頭の騎士が手元の紙と見比べて、リッパーに訊ねる。おそらく似顔絵を浮かびださせる特殊な魔道具の類だろう。

「はっ、はぁはー！　この私めが、リッパー＝オルンで間違いありません！　今先ほど、そこにいる元従業員のフィンという悪漢に、この人通りの少ない道で暴行を受けそうになっていたところであります、騎士さまぁ！」

リッパーは頭を深く下げながら、言い訳を始める。さも本当かのように、オレを犯罪者扱いしていた。

「しかも、そのフィンという男は、ワシの店で働いていた時に、売上金を横領していたんです！　そのことを問い詰めようとしたら、その手に持つ角材で暴行を！　見てください、この右手の傷を！」

リッパーの舌はよく回り、ベラベラと嘘八百を次から次へと出している。ちなみに右手の傷は、召喚石が破裂した時の自爆の跡。オレは直接触れてもおらず、すべて自業自得の怪我だ。

「さぁ、早くその悪人を逮捕してくださいませ、騎士さま！　その男は怪しげな魔道具を使用して、この周囲を破壊した罪もあります！　ああ、そうだ。もしかしたら破壊工作を目的とした、他国の工作員かもしれませんぞ!?　もしくは魔族の手先の可能性も!?　なんという不届き者じゃ、キサマは！」

自分の弁説に自信があるリッパーは、次から次へと作り話を出してくる。横で聞いているオレも、逆に感心するほどの嘘八百だ。

もはや言い訳する気もうせてきた。

「ガッハッハ……！　これですべてお終いじゃぞ、フィン！　キサマは死ぬまで牢屋で苦しむんじゃ！　天罰が下ったのじゃ！」

一方でリッパーは勝ち誇っていた。今まで見たことがない笑みを浮かべている。

――――だが、そんな時だった。

「茶番はそこまでにしておけ、リッパー＝オルン」

騎士団の奥から、一人の男が声を上げてきた。リッパーの話を聞かず、逆に辛辣《しんらつ》な言葉を浴びせたのだ。

「なっ、なんですと……」

まさかの言葉にリッパーは固まる。反論したくても舌が回らずにいた。

なぜなら男の声には、リッパーを黙らせるほどの威厳があったのだ。

「全員、道を開けろ」

「「はっ！」」

男の威厳ある号令と共に、騎士たちが一斉に動く。まるで大海が割れるように、左右にサッと別れて道を作る。

「リッパー＝オルン。キサマに話がある」

割れた騎士団の奥から出てきたのは、一人の男。《王国竜鎖騎士団》の鎧は着ているが、一人だけ兜を被っておらず鎧の意匠も違う。明らかに身分が高い青年だ。

「は、話がある、ですと？　なぜ、この私に!?　ん……紫のマント？」

リッパーは気がつく。王国では紫色のマントは、特殊な貴族しかまとうことが許されない。そして《王国竜鎖騎士団》にいる特殊な貴族は、たった一人しかいない。

「ま、ま、まさか、貴方さまは!?」

リッパーは声が震え目を丸くしていた。まさかそんな大物が出てくるとは、予想もしていなかったのだ。

「無礼者め！　図が高いぞ、罪人め！　この方は《王国竜鎖騎士団》総団長および王国第二王子ラインハルト＝ソル＝エーゲルハイト殿下であらせられるぞ！」

「ラ、ラインハルト殿下!?　はっ、はっは――――！」

先頭の騎士の口上を聞いて、リッパーは土下座をして頭を地になすりつける。なぜなら登場したのはただの高位貴族ではなかったからだ。

王国でも数多くいる貴族の中でも、断トツに一番身分が高い国王。その次男であり王位継承権も有する王子ラインハルトだったのだ。

（ラインハルト殿下……そういえば《王国竜鎖騎士団》を総括する身だったな……）

《王国竜鎖騎士団》は数ある騎士団の中でも特殊な存在で、総団長は代々第二以下の王子が兼任している。かなり特殊な制度だが、そのため貴族や力ある大商人を逮捕することも可能なのだ。

（でも総団長自ら、どうしてこんな場に？）

リッパーとのやり取りを横目で見ながら、その疑問が浮かんできた。

たしかに王子ラインハルトは現在の《王国竜鎖騎士団》の総団長。だが実際に捜査の最前線に出た話は、あまり聞いたことはない。よほどの大貴族の捜査以外には姿を現さないという。

そんな当人ラインハルトが静かに口を開く。

「さて、リッパー＝オルン。キサマには逮捕状が出ている。罪状は今までのギルド経営において、数々の不正や賄賂行為を繰り返していたことだ」

「なっ、なっ、なんですと!?　な、何を証拠にそんな根も葉も無い罪状が!?　聞いてください、それも、そこにいるフィンという男が……」

リッパーは思わず顔を上げる。得意の弁説で、再び嘘八百を並べようとする。

「黙れ、リッパー＝オルン！　キサマの行いはすべて王都公正取引委員会の筆頭調査官〝ケンジー＝ヒニリス〟が、このように暴いておる。これでも、まだ言い訳をするつもりか？」

だが王子ラインハルトは威厳ある声で一喝して、リッパーを御する。

彼が見せたのは、捜査証拠の数々。近年におけるリッパー冒険者ギルドの裏帳簿や、各所への賄賂の証言だった。

「なっ!?　そ、それは……」

十分すぎる物的証拠を見せられて、リッパーは言葉を止める。これ以上の言い訳はすべて詐称罪の追加になってしまう。もはやリッパーは詰み状態になってしまったのだ。

「リッパー＝オルン、キサマの全財産は没収。ならびに鉱山での強制労働の重罪を覚悟しておけ。よし、連れていけ！」

「「はっ！」」

王子ラインハルトの命令に、騎士たちが動き出す。地面にひれ伏していたリッパーを、強制的に連行していく。

気絶している襲撃者たちも罪人として、騎士たちは運んでいく。

「ひっ、お助けを！　ラインハルト殿下ぁあ！」

連行されていくリッパーの情けない悲鳴が、裏通りに響き渡る。

鉱山での強制労働は中年であるリッパーには、耐えられない重労働。下手したら一年も持たずに過労死する可能性もある。つまりリッパーは死罪にも近い罰が下されるのだ。

「お、お助けを……どうぞお慈悲を……」

リッパーと襲撃者が連行されていった。周囲は一変して静かな空気となる。

恐怖の対象でもある《王国竜鎖騎士団》が出動したこともあり、市民の野次馬ですら近づいていない。

今、この通りにいるのはオレと、数人の騎士だけ。その中に王子ラインハルトもいた。

「さて、騒動に巻き込んでしまったな、フィン」

「いえ、こちらこそ助かりました、殿下」

事件が無事に解決したこともあり、〝少しだけ顔見知り〟の王子と少しだけ話をすることになる。

「今は公務が済んだ後だ。こうした場では、その呼び方は止めろと言ったはずだぞ、フィン？」

「そうでしたね、失礼しました。ラインハルトさん。お元気そうで何よりです」

この王子とは二年ほど前に、偶然顔見知りとなった。その時にラインハルトの方からプライベートでの付き合いを提案してきたのだ。

「き、キサマ⁉ 殿下を『さん』呼びだと⁉」

だが一人の騎士が兜を取って、顔を真っ赤にして叫んできた。先ほどから先頭にいた騎士だ。

「前にも警告したが、無礼すぎるぞ、フィン！」

彼女の名前はたしかアイナス。ラインハルトの側近で《王国竜鎖騎士団》の副団長の女騎士だ。

「たとえ殿下が許しても、この私が……」

アイナスは腰の剣に手をやり、激高していた。彼女の反応も無理はない。なぜなら王位継承権のある第二王子は、王国内の中でも最上位クラス。

普通は一般市民が『さん付け』で呼んだだけで、不敬罪で牢獄送りなのだ。

「よせ、アイナス。前にも説明したが、この男フィンは、私にとって対等な存在だ」

「はっ……申し訳ございませんでした、殿下。くっ……無念」

ラインハルトにたしなめられて、アイナスは剣を収める。だがその顔は納得がいっていない様子。

ラインハルトに気がつかれないように、鋭い視線でオレのことを睨んできた。

彼女とは会うのは三回目だが、こうした強めの視線は毎回のこと。オレとは相性が悪いのだろう。あまり気にしないでおく。

「さて、話を戻すとするか。相変わらず元気そうだな、フィン。それにトラブルに巻き込まれる体質も？」

「はっはっは……恐れ入ります。お陰様で今回は助かりました。ところでラインハルトさんは、どうしてこの場に？」

話のついでに気になることを訊ねる。なぜなら王都の法を守る《王国竜鎖騎士団》は特殊な部隊で、総団長であるラインハルトは特異な存在。こんな最前線まで出てきていい身分ではないのだ。

しかも介入してきたタイミングが、あまりにも良すぎたのだ。

「そのことか。実はリッパー冒険者ギルドへの内偵は、以前から行っていたのだ。だが肝心の最後の尻尾が掴めずに、逮捕に至らなかった。だが、先ほどクルシュから連絡があってな。それで駆けつけてきた訳だ」

「クルシュさんが？」

「ああ、そうだ。彼女は《天神》から啓示を受けたという。それでピンときた私が、自ら部下を引き連れてきたのだ」

うちの新規受付嬢であるクルシュは、なぜか天神から《天啓》を授かる能力を持っている。

ラインハルトの説明によると、ギルドでの仕事を終えて大神殿に戻ったクルシュは、突然その

《天啓》を聞いたという。

内容は『フィンが恨みを買う者に、襲撃を受ける未来』が見えたという内容。

クルシュと王子ラインハルトは幼馴染の関係という。心配になったクルシュは通信の魔道具で、すぐにラインハルトに連絡したのだ。

「なるほど。そういうことだったんですね」

「リッパーがフィンに恨みを持っていたのも調査済。まぁ、今回の場合はたとえ貴殿が襲撃を受けても、怪我一つないことはわかっていた。だが、自己防衛もやり過ぎてしまったら、王都が壊滅しかねない。だから今回は私が火消し役で来たという訳だ」

「恐れ入ります」

ラインハルトはオレのことを買いかぶり過ぎている。一介の事務職員でしかないのに、まるで天才かのように比喩してくるのだ。

「そういえば、よくこの場所がわかりましたね？」

話のついでに疑問を訊ねる。たしか《天啓》は未来予知に近い能力だが、万能ではない。出来ごとはわかっても、発生場所の番地など詳細は、わからないはずだ。

「貴殿の新しい勤務先は調べがついていて、そこを中心にして捜索していたところ、あの二人に声をかけられたのだ」

「あの二人？」

ラインハルトの指さす方にいたのは、二人の銀髪の少年少女。マリーとレオン姉弟だった。遠目に心配そうにオレのことを見ている。

「なるほど、そういうことだったんですね」

二人は先ほどこの通りを脱出して、憲兵を探しに行ってくれた。道中で行動中の《王国竜鎖騎士団》に遭遇。思い切ってマリーたちは事情を話したのだろう。

「さて、フィン。次はこちらから訊ねる。〝あの話〟のことは考えてくれたか？」

あの話……今から二年前、少しだけトラブルに巻き込まれた彼を、結果的にオレは助ける形となった。

それ以来、ラインハルトは『フィンよ。我が《王国竜鎖騎士団》に入ってくれ。いや、将来的には王位争奪戦を行う私を、支える《剣》となってくれ！』と勧誘してくるのだ。

「前にもお断りしたように、オレにはそんな力はありません」

もちろん何の戦闘能力も持たない、一般市民であるオレは丁重に断ってきた。だが、顔を合わせる度に、ラインハルトは何度も勧誘をしてくるのだ。

「はっはっは……『なんの戦闘能力も持たない』……か。相変わらず面白いことを言うな。貴殿ほどの力があれば、名誉も富も、それこそ玉座すらも楽に手に入れる存在だというのに……まあ、そんな欲がない男だからこそ、私も気に入ったのだが」

「恐れ入ります。とりあえず今は勤め先の仕事で、手一杯でした。でも仕事ならいつでもお待ちしています。もしもまた困ったことがあったら、いつでもギルドに依頼してください」

「なるほど、そういうことか。私も時間ができたら、新しい職場に遊びにいかせてもらう。今度の職場はなかなかの人物が経営しているようだからな」

口元に優しい笑みを浮かべながら、ラインハルトはマリーに視線を向ける。おそらくは救援を呼びに行った時に、マリーと王子との間に何らかのやり取りがあったのだろう。

ラインハルトは自分にも他人にも厳しい性格。そんな王子が他人であるマリーを珍しく認めていた。

従業員であるオレにとっては、その様子はなんとも嬉しい光景だ。

「はい、そうですね。本当に頼もしい上司と、やりがいのある職場です」

「ふっ……つまりあの少女マリーがフィンを奪い合う、私のライバルということか。面白くなってきたな。さて、今日のところは、これで失礼させてもらうぞ。達者でな、我が友フィンよ」

「はい。ラインハルトさんもお元気で」

多くの職を兼任する第二王子は忙しい身。ラインハルトは挨拶を済ませて立ち去っていく。

残る騎士たちも後を付いていく。

「……ちっ、私は絶対に認めんからな、フィン！　キサマのことは！」

女騎士アイナスは去り際にも睨んできた。彼女も副団長として色々と大変な立場なのだろう。特に悪意もないので、オレも流して見送ることにした。

しばらくして《王国竜鎖騎士団》は全員立ち去り、裏通りはまた静けさが戻る。

「「フィンさん！」」

騎士団が立ち去ったとことで、二人の子どもが駆け寄ってくる。先ほどから遠目で心配そうに見ていたマリーとレオン姉弟だ。

「フィンさん、怪我はないですか!?」

「大丈夫ですか、フィンさん!?」

駆け寄ってきた二人は、心配そうに尋ねてきた。ここまで心配するのも無理はない。何しろ先ほどまで十人の襲撃者を相手に、オレはたった一人だったのだ。

「心配をかけたな。二人が騎士団を呼んできてくれたお蔭で、この通り無傷だ」

心配そうな二人に無傷なことを伝える。運が良かったと。

「あの状況で無傷とは……さすがフィンさんです！　ねぇ、お姉ちゃん」

「そうね。でも、今冷静になって、よく考えたら、ドラゴンすら虫取り感覚な〝あのフィンさん〟が、小悪漢程度に苦戦するはずなかったわね……それにしても私たちがいない間、いったいここで何が……」

無傷なことを知って、二人とも安堵《あんど》の息を吐く。

だが裏通りの破壊された跡を見つめながら、マリーはいつものようにブツブツと独り言をつぶやいている。内容まではよく聞こえないが、元気なマリーに戻ってよかった。

「そういえば、フィンさんは、ラインハルト殿下とも顔見知りだったんですね!?　さすがです！」

「あっ、そうよ！　そのことよ！　第二王子で次期国王候補の有力者の一人の〝あのラインハルト殿下〟と親しげに話せるなんて、いったいどういう関係なんですか、フィンさん!?」

威厳ある《王国竜鎖騎士団》の総団長が、第二王子ラインハルトであることは、市民の多くも知っている。

有能で眉目秀麗《びもくしゅうれい》なラインハルトは、王族の中でも市民に人気が高いのだ。

「なんでもない。前に王都で歩いていたら、偶然知り合った関係だ」

「えっ、街を歩いていて出会っただけ、第二王子にあんなに敬意を払われちゃうんですか!?　い、いや、でも、〝あのフィンさん〟ならあり得るかも……」

「そうだよ、お姉ちゃん。フィンさんが凄い人なのは、最初からわかっていたんでしょ」

「そ、そうね。でも、いったい、この人の……ウチの職員はどこまで規格外の人材コネクションを隠し持っているのかしら？　まさかコネクションが第二王子様まで及んでいたとは……あっ！　もしかしたら、それ以上にも!?　ああ……想像しただけも心の臓が……」

マリーとレオンは何やら楽しそうに話をしている。事件も解決して安心しているのだろう。

「さて、この場を離れるぞ。そろそろ帰宅しないと、お前たちの家族も心配するからな。とりあえず玄関先まで付いていく」

「ありがとうございます、フィンさん。それでは、ウチはこっちです！」

「ん？　えっ？　ちょっと待って！　私を置いていかないでよ、二人とも――――！」

こうして悪徳経営者リッパーと一味は逮捕され、事件は無事に解決。ボロン冒険者ギルドに平穏な日々が戻ってきたのだ。

九章　事件の後

悪徳経営者リッパーを撃退してから数日後。

ボロン冒険者ギルドに平穏な日々が戻っていた。

本日も開店と同時に冒険者たちが来店。多くの冒険者でギルド内は賑わっていた。

「おはようございます！」

「おはようー！」

そんな中、駆け出し冒険者のライルとエリンが、今日も元気に顔を出してきた。依頼の掲示板を見ながら、二人で何やら雑談をしている。

オレは仕事をしながら、二人の様子を確認しておく。

「それにしても、ライル。前に比べたら、かなり人が増えてきたわよね？」

「そうだね。最初は他の冒険者の人は、あんまり見かけなかったけど、今はこの大盛況だからね」

二人が感慨深くなるのも無理はない。彼らがきた当初、ボロン冒険者ギルドには登録冒険者は若干二名だけ。

だが今は大盛況。まだ午前中だというのに、既に多くの冒険者でギルド内は賑わっている。滅多に登録者の移籍が行われない業界の中にあって、ここは異常なまでに登録者が急増中なのだ。

「たしかに、そうよね。でも賑わってきた分だけ、ライバルも増えたってことよね？　それじゃ良い条件の依頼を早く探さないとね！」

見習い女神官エリンが焦るのも仕方がない。登録冒険者が急増しても、依頼の件数は急激には増えない。需要と供給のタイミングに時間差があるからだ。

さらに駆け出し冒険者の彼ら向きの依頼は、まだ条件が狭い。自分たち向きの依頼を探すだけでも、二人は一苦労といえるのだ。

これは助け舟を出した方がいい様子。オレは掲示板の方に向かう。

「おはようございます。ちょうど二人にピッタリな依頼を見つけたのですが、これはどうですか？」

数ある依頼の中から、二人向きの依頼を提案する。こうした適切な仕事を提案するのも、冒険者ギルド職員の大事な仕事の一つなのだ。

「あっ、フィンさん。おはようございます。なるほど、これはいい感じね！　これにしましょう、ライル？」

「そうだね。フィンさんのオススメ案件は、今まで全部成功したし、いいね！」

提案された依頼用紙をもって、エリンとライルの二人は受付に移動していく。こうしてギルド職員の提案を素直に受け入れられるのも、冒険者としての資質の一つ。

この二人は未熟だが、どこか将来性がある雰囲気がある。もしかしたら将来的に大物冒険者に成長するかもしれない。

だが今はまだ駆け出しの域を出ていない。もうしばらくは〝サポート〟も必要だろう。いつものようにこっそりと支援魔法をかけておく。

「さて、次は誰か困っている人はいないかな？」

今のギルドの受付業務には、有能なレオンとクルシュがいてくれる。そのため事務員であるオレは、自由にギルド内でサポート業務を行うことができるのだ。


「ん？」

そんな時だった。ギルドの入り口付近にいた冒険者たちが、急にザワつき始める。誰かがやってきたのだろうか？

「おはようございます、ミスター・フィン。ミス・マリーはいらっしゃいますか？」

一直線にこちらに向かって声をかけてきたのは、神経質そうな眼鏡の男性。王都公正取引委員会の筆頭調査官ケンジー＝ヒニリスだ。

「おはようございます、ヒニリス調査官。オーナーは……」

「あっ！　はい！　ここにいます！　ど、どうしましたか、ヒニリスさん!?」

カウンターの奥からマリーが飛んできて、直立不動のヒニリスの前に立つ。彼女がここまで緊張するのも仕方がない。

何しろヒニリスは《毒マムシ》の異名で恐れられた調査官。この男のしつこい調査によって、閉鎖に追い込まれたギルドは少なくないのだ。

「おい、また《毒マムシ》の奴が、ここにきたぞ……」

「前回の執拗な調査は前菜で、実は今回が本番なのか!?」

「あのオーナーの子、可哀想に。完全に《毒マムシ》に目を付けられたんだな……」

ギルド内にいた冒険者たちも、ざわつき始める。遠巻きになりながらヒニリスとマリーに注目をしている。

誰もが緊張する一触即発の雰囲気。ギルド内の空気は張り詰めた空気になる。

「おや？　そこまで萎縮しなくても大丈夫です、ミス・マリー。本日ここに来たのは報告のためです」

「へっ？……ほ、報告ですか？」

再捜査だと思っていたマリーは肩すかしをくらって、思わず変な声を出す。それにしても何の報告なのだろうか。

「今日の報告は、例のリッパー冒険者ギルドの経営者に対する処分についてです」

ヒニリスが口にしたのは、先日の襲撃事件の首謀者リッパーについて。リッパー冒険者ギルドの調査には王都公正取引委員会も絡んでいたのだ。

「結論から伝えますと、数々の贈収賄などの不正行為によってリッパーは有罪。王国の辺境にある〝鉱山送り〟の重罪。財産はすべて没収となり、彼のギルドも閉鎖となります」

ヒニリスは表情一つ変えずに報告をしてきた。この結果は先ほど王都公正取引委員会から正式に発表されたもの。そのため特に秘匿する内容ではないという。

「こ、〝鉱山送り〟の重罪に、ギルドも閉鎖ですか。自業自得とはいえ、あれだけの襲撃事件も起こしたから、仕方がないですね」

報告を聞いてマリーはため息をつく。たしかにリッパーは人として足を踏み入れてはいけない犯罪を繰り返してきた。

だがあの男が贈収賄などを行ってきたのは、すべて自分のギルドを大きくするため。つまりギルド経営者の誰もが陥る罠に、リッパーは堕ちてしまったのだ。

「私も気をつけなきゃね……こういうのは」

ギルド経営再建を目標とするマリーは、自分自身に言い聞かせるように呟く。ギルドの売り上げばかりに気をとらわれてしまうと、時には魔が差してしまう時もある。経営者として彼女も気を引き締め直していたのだ。

「いい心がけですね、ミス・マリー。やはり貴女は一流のギルド経営者になる素質があります。あと、一つだけ訂正しておきます。その〝襲撃事件〟に関しては、今回はリッパーには罪は与えられていません」

「えっ!? ど、どうしてですか!? あんな大事件を起こしていたのに!? フィンさんだって命の危機があったのに!?」

マリーが驚いて聞き返すのも無理はない。なぜならリッパーは十人規模の裏冒険者を雇って、オレたちに襲撃をかけてきた。王都の法律だとかなりの罪になるはずなのだ。

「たしかに、その指摘は正論です。ですが今回はラインハルト殿下……《王国竜鎖騎士団》の総団長が、そう判断を下したのですよ」

「えっ……あの第二王子さまがですか!?　で、でもどうして……?」

マリーが不思議に思うのも無理はない。あの現場を取り締まった王子ラインハルトは、現行犯でリッパーを逮捕していた。それなのに、どうして襲撃の件は、今回の罪に数えなかったのだろうか?

「私も疑問に思い、殿下に質問しました。そこで返ってきた答えは……『愚かな小虫が知らずに、巨大な竜に襲いかかったのは罪と言えるか?　いや、言えないだろう。だから襲撃事件は深く考えるな』でした」

仕事に真面目なヒニリスは、ラインハルトに襲撃事件の件を訊ねたのだろう。だが不思議な喩え話ではぐらかされてしまったのだ。

「えっ……『愚かな小虫が知らずに、巨大な竜に襲いかかったのは罪と言えるか』ですか?　た、たしかに、それは罪に数えるのは可哀想かもしれないですね、今回の場合は……ふう……」

喩え話の意味はオレにはわからない。だがマリーはかなり納得している。オレに視線を向けながら、なにやら深いため息をついていた。

「それに噂の襲撃事件ですが、翌朝に私も駆けつけてみましたが、現場の証拠が何一つ残っていませんでした」

「えっ!?　現場に証拠が何も残っていなかった、ですか!?　だって、あんなに激しい戦いの跡があったのに!?」

思わずマリーが大きな声を出すのも無理はない。リッパー襲撃事件の爪痕は、あの裏通りに深く残っていたはず。

「あっ……」

マリーは何かに気が付いた。視線が再びオレに向けられる。視線は『フィンさん、また何かしたんですか!?』と言っているような気がした。

彼女の直感は正解。

あの襲撃の爪痕は、オレが立ち去り際に全て【概念逆行《タイム・リープ》】で完全復旧しておいたのだ。

何しろ裏通りの建物を破壊したのは、すべてオレの反撃によってだ。飛ぶ鳥跡を濁さず、心がけて原状回復しておいたのだ。

「あのように『まるで何事も起きていなかった状況』では、さすがに私も殿下の決定に口を出すことはできません。そのため噂の襲撃事件は、存在そのものが事件記録から消えたことになりました。まぁ、個人的には複雑な心境ですが」

真面目なヒニリスは、まだ納得がいっていないのだろう。冷徹な表情が少しだけ揺らぐ。

「……以上が今回の報告になります。他になにか質問はありませんか、ミス・マリー?」

だが流石は冷静沈着な筆頭調査官。ヒニリスはすぐに気持ちを切り替え、話を終える。

「い、いえ、特にありません。わざわざ報告ありがとうございます、ヒニリスさん！」

「そうですか。それでは失礼いたします。ミス・マリー。それと……ミスター・フィン。〝また〟

来ます」

　最後にオレに鋭い視線を向けて、ヒニリスはギルドを立ち去っていく。本当はオレに何か言いたかったような顔だった。

　あの雰囲気では、おそらくまた調査にくるのだろう。こちらは経営に関してやましいことは何一つしていないが、油断ができない相手だ。

「ふう……なんか、どっと疲れましたね、あの人と話すのは」

　対応していたマリーは、深い息を吐き出す。ヒニリスの調査は大の大人でも値を上げてしまう厳しい空気感がある。まだ若いマリーは心労が溜まってしまったのだ。

「それではお茶でも飲みますか、オーナー？」

「ありがとうございます、フィンさん。お言葉に甘えちゃいます」

「わかりました。それでは淹《い》れてきますね。ん？」

　一息つこうとした、そんな時だ。またギルドの玄関付近がざわつくのに気が付く。

　今度はいったい誰が来たのだろうか？


「おお！　いたな、フィン！　相変わらず仏頂面だな、お前は！」

　地鳴りのような大声と共に、やってきたのは巨漢の男性。筋肉隆々で熊のような強面の戦士ゼノスだ。

「おはようございます、ゼノス副理事長。仏頂面とは手厳しいですね」

仕事中はなるべく営業スマイルを心がけているが、オレはあまり感情を表に出すのが得意ではない。今後はもう少し色んな表情を出せるように修業をしていかないと。

だが、そんな時、カウンターの二人が口を挟んでくる。

「恐れ入りますが、ゼノス様。何事にも動じないクールな表情は、フィン様の素敵なところでございます」

「そうですよ！　どんな大事件を前にしても動じないのが、フィンさんのカッコイイところなんですよ！」

オレの表情について、クルシュとレオンは全力で褒めてきた。なぜこんなにも褒められるかわからないが、人には色んな好みがあるのだろう。気にしないでおく。

「がっはっはっは……そいつは悪かったな、二人とも。たしかに、コイツは仏頂面のクセに色んな所でモテるからな！　男も女、身分に関係なくな！」

豪快な笑い声と共に、ゼノスまで同調する。褒められることは嬉しいが、ここまで全肯定されると恥ずかしいこともある。

とりあえずゼノスとの話を進めておこう。

「ところで副理事長、今日はいったい何用ですか？　見た感じだと、その書類を届けにきたようですが？」

「ああ、そうだったな！　すっかり忘れていたところだ。コイツを経営者……嬢ちゃんに渡しにきたのだ！」

ゼノスはこう見えて冒険者ギルド協会の副理事長。今日は公務としてボロン冒険者ギルド経営者マリーに、書類を届けにきたのだという。

「えっ？　書類ですか？　はい、たしかに受け取りましたけど、これはいったい……？」

書類を受け取りマリーは首を傾げている。書類にはたくさんの文章が書かれていたが、いまいち難しい内容が理解できないのだろう。

これは職員として助け舟を出してやる必要がある。

「オーナー、それは《冒険者ギルドランク特別昇格試験》の案内書です」

「えっ……《冒険者ギルドランク特別昇格試験》？　それって何ですか、フィンさん？　初めて聞く言葉だけど……」

マリーはギルド経営者として経験が浅い。初めて耳にする言葉に、更に首を傾げている。

「オーナーは冒険者ギルドに《ギルドランク方式》があるのは知っていますよね？」

「ええ、もちろんよ！　私の目標は最低のランクＦまで下がった当ギルドを、昔のようにランクＤまで戻すのが夢なんですから！」

マリーが興奮して口にしているように、大陸の冒険者ギルドには、最低Ｆから最高Ｓランクの七段階の格付け制度がある。

ギルドランクを上げるためには、登録冒険者の力が必須。彼らがたくさん依頼を成功していくか、高難易度の依頼を達成していく度に、ギルド格付けポイントが溜まっていくのだ。

ある程度のポイントが溜まったら、次の月には上のランクに昇格できる。またランクごとの毎月のポイントノルマが達成できなければ、降格する可能性もあるシステムだ。

「その通りです。普通は一段階ずつしかランクを上げることはできません。ですが短期間で急激な功績があったギルドに対して、飛び級式でギルドランクを上げることができる特別なシステムがあります。今回はそれに対応した特別試験です」

時には尋常ではない速度で、ポイントを獲得するギルドもある。だが急激なポイント獲得と成長は、ギルド内部のキャパシティーオーバーを引き起こす危険性もある。

そのため二段階以上のランク昇格の資格があるギルドは、《冒険者ギルドランク特別昇格試験》をクリアする必要があるのだ。

簡単に言うと『最近は調子がいいが、本当に高い資質を備えたギルドなのか？』という根本的なギルド運営をテストするシステムなのだ。

「な、なるほど、そういうシステムがあったんですね。お祖父ちゃんの代の時も縁がなかったから知らなかったわ。とにかく二段階昇格……ランクFのうちが、一気にランクDに昇格する大チャンスがやってきたのね！」

特別の試験の内容を把握して、マリーのテンションが一気に上がる。先代のランクDに一気に到達するチャンスがやってきたのだ。

だが書類をちゃんと確認していないマリーは、大きな勘違いをしている。訂正をしてやらないと。

「興奮のところ訂正します、オーナー。今回ウチの場合はランクDへの昇格試験ではありません」

「えっ!?　ランクDに昇格のチャンスがないって、ことですか。フィンさん!?　それじゃ、どこのランクに!?」

「書類によると今回ウチが挑むのは『ランクB』への昇格試験です、オーナー」

「へっ……？　ラ、ランクB……ですか？」

「はい、間違いありません。ここに明記されています」

書類を隅々まで確認したが内容に誤りはない。《冒険者ギルドランク特別昇格試験》を合格したら、ボロン冒険者ギルドはランクFから一気に《ランクB》に昇格するのだ。

「ま、まさかの四段階の一気飛ばし!?　どういうことですか、ゼノスさん？　もしかして……」

「ああ、そのとおりだ、嬢ちゃん！　あんたのところのギルドは、ここ一ヶ月でランクFギルドではあり得ない超高ランクの依頼を何件も達成してきたのさ！　原因は、まぁ、嬢ちゃんの察しのとおりだ！」

「うっ……やっぱり、そういうことだったんですね。私もあまりに気にしないでできたけど、フィンさんは次から次へと、あり得ない高ランクの依頼を受注してきて、まるで低ランクの依頼のように登録冒険者に依頼して成功させちゃっていましたからね……はぁ……やっぱり、そういうことか……」

二人は何やら話をしながら、オレの方をチラチラ見てくる。特にマリーはブツブツ呟きながら、ため息を何度も吐き出している。

話の内容は気になるが、経営者にしか話せない極秘の内容もある。いち職員であるオレは気にしないでおく。

「元気を出しな、嬢ちゃん！　とにかく四段階もの飛び級の《特別昇格試験》を行うのは、うちの協会でも初。合格する確率は１％にも満たないから、気軽に挑戦してくれ！」

「えっ……合格率がい、１％未満なんですか!?」

マリーが驚くのも無理はない。《冒険者ギルドランク特別昇格試験》はギルドの総合的な経営力や潜在能力をテストするもの。テスト期間も長期に渡るために、かなりの難易度を誇るのだ。

特に今回の場合は、前例のない四段階もの飛び級。ゼノスが口にした通り、難攻不落の課題が待ちかまえているに違いないのだ。

「どうする、嬢ちゃん？　自信がなかったら辞退してもいいんだぞ？　その場合は一段階ずつ普通の昇格になるが？」

「い、いえ、挑戦させていただきます、副理事長！　最近私は悩まないことにしたんです！　難易度１％未満の試験に挑戦します！」

マリーは二つ返事で挑戦の返事をする。

まるで『フィンさんのせいで感覚がマヒしたから、世の中に怖いモノは他にはない！』という表情だ。

「ガッハッハ……！　いい返事だ！　それじゃ、協会の方に返事を出しておくぞ！　それじゃ試験の内容は近日中に連絡するぞ！」

了承の返事を受け取り、ゼノスは満足そうにギルドを立ち去っていく。豪快な笑い声はまだ耳に残る。相変わらずまるで台風のような男だ。

ゼノスが立ち去りギルド内に静寂が戻る。だがそんな静けさも、また一瞬で騒ぎに戻る。

「お、おい、聞いたか、今の話!?」

「ああ、四段階の昇格試験に挑戦するんだってな、ここは!?」

「ランクBのギルドになったら、一気に依頼も増えるぞ、これは!?」

「ああ、だな！　これはオレたちもやりがいが出てきたな！」

騒ぎだしたのは話を聞いていたギルド内の冒険者たち。まるでお祭りのようにギルドの中が一気に騒ぎになる。

何しろ冒険者ギルドランクの高さによって、公共機関から受注できる依頼も高くなってくる。つまり彼らにも一攫千金の可能性が出てきたのだ。

「あっはっは……なんか、予想外のことになってきましたね……」

「そうですね、オーナー。ですが、ここからがギルド運営は本番です。気を引き締めていきましょう」

噂によると《冒険者ギルドランク特別昇格試験》の内容は毎回変わるという。だが試される部分はだいたい決まっている。ギルドの建物や設備、職員やサービス内容、登録冒険者の質など、試験評価ポイントは多岐に渡るのだ。

「そ、そんなに色んなことが試されるんですか!?　はぁ……勢いで受けたけど、なんか不安になってきました、私……」

「大丈夫です、オーナー。ほら、見てください。このギルド内の雰囲気なら、必ず合格できるはずです」

これは嘘でもお世辞でもない。今のボロン冒険者ギルド内には素晴らしい雰囲気がある。特に少数だがスタッフは精鋭ぞろいだ。

有能で職務に真面目に接している受付係のレオン。

常に笑顔を絶やさず、冒険者たちを引き寄せる受付嬢のクルシュ。

経験は浅いが誰よりも冒険者ギルドを愛する経営者マリー。

更にそんな職員に引き寄せられるように集まった登録冒険者も、有能で明るい雰囲気の者が多い。

ボロン冒険者ギルドは正直なところまだ規模は小さく、足りないサービスも多い。だがこれほど可能性を秘めた冒険者ギルドは、今のところ王都のどこにもないだろう。

「ん？　この気配は……」

そんな賑やかなギルド内に、更に騒がしい存在が二名やってきた。

「オッホホホ……！　〝我が愛しのフィン〟、今日こそ愛に満ちた依頼を受けに来たわよ！」

「はっはっは……！　我が永遠の友フィンよ！　下町では、なんでも大暴れしたようだな！　さすが我が永遠の好敵手！」

やって来たのは露出度高めの女魔術師エレーナと、奇妙な口ひげタキシード姿の剣士ガラハッドだ。

「お、あの二人はまさか《大賢者》と《剣聖》!?」

「どうして、あのSランクの冒険者が、こんなギルドに!?」

「あの極度に慕われている事務員は、いったい何者なんだ!?」

騒がしい二人の登場に、ギルド内のテンションは更にヒートアップ。冒険者たちはざわつき、まるでお祭り状態だ。

そんなギルド内を見回しながら、マリーは深いため息をつく。

「ふう……そうですね。たしかに、この尋常じゃないメンツと雰囲気なら、何とかなりそうですね。それにフィンさんがいれば、どんな困難も朝飯前に思えてしまいますから、本当に私も感覚がマヒしてきましたよ」

「そうですね、オーナー。特別昇格試験に向けて、更に経営を改善していきましょう」

◇　◇　◇

こうして廃業寸前だったボロン冒険者ギルドに、次なるステージへの昇格のチャンスがやってくる。

待ちかまえているのは今まで以上の困難と、暗躍する謎の組織の存在。

更にフィンをも上回る驚異的な存在の王都襲来などで、国家の存亡すら危うい状況に。

「では、オーナー。まずはこの部分のサービスを改善してみましょう」

だがフィンの規格外の力によって全てを跳ね除け、ギルド経営改革は加速していくのであった。

エピローグ

ボロン冒険者ギルドが《冒険者ギルドランク特別昇格試験》のチャンスに盛り上がっているころ。

王都のとある地下室に、数人の者たちが集まっていた。

「先日の冒険者ギルドオーナーを使った策は、どうなった？」

「情報によれば《上級魔族》の召喚には成功したが、策は失敗に終わったらしいぞ」

彼らが話をしているのは悪徳経営者リッパーの事件について。

《王国竜鎖騎士団》が隠匿した極秘情報を、自由に引き出せる身分の者が集まっているのだ。

「《上級魔族》を呼び出せて失敗じゃと？　どういうことだ!?」

「なんでも、何者かが上級魔族を打ち倒したらしいぞ」

「「な、なんだと!?」」

彼らが驚くのも無理はない。リッパーに渡した《魔族召喚石》は特殊なものだった。召喚された上位魔族は通常攻撃では倒せない存在なのだ。

「まさか、《王国竜鎖騎士団》の介入があったのか!?」

「いや、報告書によれば、それはない。なんでも《王国竜鎖騎士団》が到着した時には、すでに討伐された後だったという」

「それでは一体誰が、上級魔族を!?」

「まだ調査中だが、どうやら〝ボロン冒険者ギルド〟という弱小ギルドが関係しているらしいぞ」

「〝ボロン冒険者ギルド〟だと？　聞いたことがないな。だが、早急に調査する必要があるな」

「ああ、そうだな。我々の至高なる計画を成功さるために……」

「我らが〝偉大なる神〟の復活のために……」

「我ら《暗黒邪神教団》の邪魔をする者は、誰であろうと全て排除を……」


こうしてフィンたちの知らないところで、強大な権力を持つ教団が動き出す。ボロン冒険者ギルドにも魔の手が向けられるのであった。

◇　◇　◇

更にボロン冒険者ギルドを脅かす驚異の存在が〝もう一人〟いた。

「————くっ、せいや————！　はぁ、はぁ、はぁ……ようやく封印から脱出することができたわ！」

肌は褐色で銀髪の麗しい容姿の女性が小さな壺の中から現れた。怪しげな意匠の服に身を包んだ術師だ。

封

「ん？　フィン……アタシの可愛い息子はどこ!?」

女はフィンの師匠だった。そして彼を幼い時から育ててきた、母親代わりでもある存在だ。

「この感じだと……どこか遠くに逃げたのね!?　それにしてもこのアタシすら封印するとは、フィン……アタシの愛息子、《魔神術式》の腕を上げたわね！」

だが二年前に人里に働きに出ようとしたフィンと、彼女は大喧嘩。逆に封印されてしまったのだ。

「今フィンはどこに？　ん……この方向は人里か。ここはたしか〝王都〟って人族が呼んでいる街ね!?」

彼女の《魔神術式》は尋常ではない。一瞬でフィンの独特の魔力を発見する。

「早くフィンを連れ戻さないと大変なことになるわ！　でも人族がたくさんいる街は〝人酔い〟が……うっ、思い出しただけでも吐きそう。でも今は愛息子フィンの危機！　急いで連れ戻さないと！」

彼女の名前は《魔神ラララエル》。

かつて魔王や竜王を倒し世界を救ったり、逆にやり過ぎて破壊しそうになったりしたこともある危険な存在だ。

「待っていなさいよ、可愛いフィン……ママが連れ戻しにいってあげるから！」

こうしてフィンのもとに更なる強人な脅威が迫るのであった。

あとがき

著者ハーーナ殿下「このたびは拙作を手に取っていただき、誠にありがとうございます」
オーナー・マリー「登場人物を代表して、私からもお礼を言うわ！」
ハーーナ「マリーさん。あとがきにまで、乱入なんですね」
弟レオン「お姉ちゃんだけだと心配だから、ボクもきました！」
聖女クルシュ「職員として私も参りました」
ハーーナ「うわー、なんか沢山きたな……さて〝小説家になろう〟で投稿していた当作品を、こうして書籍として皆さんのお手元までお届けできて、今はひと安心しています」
マリー「こっちはウェブ版に比べて、けっこう修正していた部分があったのね？」
ハーーナ「はい、そうですね。書籍版はテンポを重視して、読みやすくしました。あと最大の追加ポイントは素晴らしいイラストがついたことです」
マリー「それは、そうね！　それにしても私、こんなに可愛く描いてもらって、本当にいいのかな？」
ハーーナ「はい、問題ないと思います。書籍版でもマリーさんは色々と大変だったので」

マリー「うっ……それはすべてフィンさんが規格外すぎて、私の心労が……バタッ！」
レオン「お姉ちゃん、大丈夫!?　あとはボクに任せて。さて書籍版は追加エピソードもありますよ、みなさん！」
ハーーナ「レオン君、補足ありがとう。その通りでオリジナルのエピソードを何個か追加していきます。このあとがきを先に読む方もいるので、内容は読んでからのお楽しみということで」
クルシュ「フィン様の過去も少しだけ知れて、本当に私も感無量でした」
マリー「ところで作者に質問なんだけど、二巻はいつごろ出るの？」
ハーーナ「………」
レオン「お、お姉ちゃん、そういうのは聞かない方が……」
ハーーナ「そ、それは、私や登場人物の皆さんの頑張り次第ですね。今後もフィンは大活躍していくので、ご声援をよろしくお願いいたします」
マリー「なるほど、大人の事情だったのね。あれ？　そういえば当人のフィンさんはどこ？」
主人公フィン「オレは最初からここにいましたよ、オーナー」
ハーーナ「うわっ!?　ビックリした！　完全に気配を消していたんですね？　な、なんて怖い子」
フィン「それよりもオーナー。そろそろ仕事の時間です。次なる経営改善をしていきますよ」
マリー「わ、わかりました。もう、こうなったら私も『毒を食らわば皿まで』よ！」
レオン「お姉ちゃん、ボクもサポートするよ！」
クルシュ「微力ながら私もフィン様のお手伝いをいたします」

ハーーナ「あっ、みんな、いっちゃったな。では最後に改めて。このたびは当作品を手にとっていただき、本当にありがとうございます。今後ともフィンたちをよろしくお願いします」

マリー

『冒険者ギルドのチート経営改革
魔神に育てられた事務青年、無自覚支援で大繁盛』
お手に取っていただき
ありがとうございます!
2020.11
フィン

冒険者ギルドのチート経営改革
魔神に育てられた事務青年、無自覚支援で大繁盛　1

発行 —— 2020年11月16日　初版第1刷発行

著者 —— ハーーナ殿下

イラストレーター —— ももいろね

装丁デザイン —— 伸童舎 シイバミツヲ

発行者 —— 幕内和博

編集 —— 筒井 さやか

発行所 —— 株式会社 アース・スター エンターテイメント
〒141-0021　東京都品川区上大崎 3-1-1
目黒セントラルスクエア　8F
TEL：03-5795-2871
FAX：03-5795-2872
https://www.es-novel.jp/

印刷・製本 —— 図書印刷株式会社

ISBN 978-4-8030-1470-9